Vancouver, le 19 janvier 1999   504

A Hervé et Gisèle avec mon
amitié et l'espoir que mon humble prose aura le don de vous
amuser.

Jean Eudes

Beaurivage

Tome II
L'affaire MacTavish

Les Éditions du Vermillon remercient
le Conseil des Arts du Canada,
le Conseil des arts de l'Ontario,
la Municipalité régionale d'Ottawa-Carleton
et le Ministère du Patrimoine canadien.

Patrimoine canadien   Canadian Heritage

Données de catalogage avant publication (Canada)

Dubé, Jean-Eudes, 1926-
Beaurivage : roman

(Collection Romans ; 18, 24)
Sommaire: t. 1. Les eaux chantantes. t. 2. L'affaire
   MacTavish
ISBN 1-895873-43-6 (t. 1).–ISBN 1-895873-68-1 (t. 2)

   I. Titre. II. Collection

PS8557.U2247B43 1996   C843'.54   C96-900402-8
PQ3919.2.D83B43 1996

Les Éditions du Vermillon
305, rue Saint-Patrick
Ottawa (Ontario) K1N 5K4
Téléphone : (613) 241-4032   Télécopieur : (613) 241-3109
Adresse électronique : editver@magi.com
Site Internet : http:/francoculture.ca/edition/vermillon

Diffuseur
Québec-Livres
2185, autoroute des Laurentides
Laval (Québec) H7S 1Z6
Téléphone : (1800) 251-1210, (514) 687-1210
Télécopieur : (514) 687-1331

ISBN 1-895873-68-1
COPYRIGHT © Les Éditions du Vermillon, 1998
Dépôt légal, quatrième trimestre 1998
Bibliothèque nationale du Canada

Romans, 24

JEAN-EUDES DUBÉ

BEAURIVAGE

ROMAN

Tome II   L'affaire MacTavish

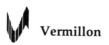 Vermillon

Du même auteur

Du banc d'école au banc fédéral.
Récit autobiographique,
Éditions Guérin, Montréal, 1993.

Beaurivage. Tome I. Les eaux chantantes.
Roman,
Éditions du Vermillon, Ottawa, 1996

À Jacques Flamand
éditeur affable et érudit

Chapitre I

Meurtre au camp Brandy Brook

D E retour au bureau après son voyage de noces, Mᵉ Léon Marquis éprouvait beaucoup de
difficulté à se concentrer sur ses dossiers. Ses pensées
s'envolaient continuellement vers les plages de Floride.
Il s'y voyait folâtrer avec son épouse Rénalda et revivre
les heures merveilleuses savourées en sa compagnie.
Ses rêveries furent brusquement interrompues par la
sonnerie du téléphone. Sa secrétaire lui annonça que
Halton MacTavish l'appelait de la prison.

– Léon? C'est Halton. Les gendarmes de la police
provinciale viennent de m'arrêter. Apparemment, j'ai
droit à un coup de téléphone. J'ai pensé que c'était toi
qui pouvais le mieux m'aider. On m'accuse de meurtre...

– J'arrive immédiatement, répondit Léon.

En raccrochant, Léon se souvint d'avoir lu dans
les journaux de Sarasota qu'un pêcheur sportif américain avait été trouvé assassiné au camp de pêche Brandy
Brook sur la rivière Restigouche, laquelle marque la
frontière entre le Québec et le Nouveau-Brunswick.
L'Américain ne faisait pas partie du menu fretin. Ce
n'était nul autre que William Urquart Finlayson, président de la Washington & Delaware Railway. Halton était
guide à Brandy Brook.

Le sergent Pinsonneault attendait Léon au poste de police; il le conduisit à la cellule de Halton et referma discrètement la porte derrière lui. Le jeune guide était un colosse folichon que Léon connaissait bien pour avoir eu des accrochages avec lui. Le père de Léon, le garde-pêche Rodolphe Marquis, l'avait même déjà arrêté et fait emprisonner pour braconnage et voie de fait. Halton secoua vigoureusement la main de Léon, le regarda droit dans les yeux et esquissa un sourire à la fois espiègle et désarmant. Né d'un père de descendance écossaise et d'une mère acadienne, Halton, comme la plupart des villageois de Beaurivage, était bilingue.

– Merci d'être venu, Léon, malgré les problèmes que j'ai pu te causer dans le passé. Tu es le seul avocat que je connaisse. Je ne suis pas assez riche pour en connaître d'autres!

– Sois sérieux, Halton. Qu'est-ce qui t'arrive?

– Pendant que tu étais en voyage de noces, ils ont trouvé monsieur Finlayson mort dans sa chambre, au camp Brandy Brook. Une balle au cœur, semble-t-il. Après une semaine d'enquête, ils ont déposé une accusation de meurtre contre moi. Je ne suis pas coupable.

– Est-ce que les policiers t'ont interrogé?

– Oui, à plusieurs reprises, avant l'accusation.

– Qu'est-ce que tu leur as dit aux policiers, ou à ceux qui te questionnaient?

– D'abord, le sergent Pinsonneault m'a interrogé, puis il a fait venir un officier supérieur de Québec, le capitaine Danton. Le sergent s'est montré curieux, mais courtois, comme tu le connais. Par contre, Danton est un dur. Il m'a interrogé pendant des heures, une lumière dans les yeux, pas d'eau à boire, pas de cigarette. Un vrai bouledogue!

– Qu'est-ce que tu as conté en réponse à leurs questions?

– Bien, ce que je savais. Mon frère Angus et moi étions les guides de monsieur Finlayson. C'était un gentil bonhomme, très généreux. Nous l'aimions bien tous les deux. Nous pêchons avec lui depuis trois ou quatre ans. La journée du meurtre, Angus était descendu à Beaurivage faire des courses pour monsieur Finlayson. Je guidais seul et nous sommes montés pêcher au Million Dollar Pool. En fin d'après-midi nous avons pris un saumon. Par après, nous sommes retournés à Brandy Brook pour le souper. Pendant que monsieur Finlayson prenait un apéritif sur la galerie avec d'autres pêcheurs, moi j'ai vidé le canot, monté le saumon au frigidaire, puis je me suis rendu à la cabine des guides, de l'autre côté du ruisseau. Il y a un petit pont à traverser. Mon frère Angus était revenu du village. Nous avons jasé avec les autres guides, puis nous nous sommes mis à table. C'est à ce moment-là que nous avons appris la bien mauvaise nouvelle au sujet de monsieur Finlayson.

– Est-ce que c'est tout ce que tu leur as dit?

– Bien non! Danton m'a fait raconter l'histoire de ma vie. Faut croire que j'ai vécu une vie plus intéressante que je pensais : il me l'a fait répéter une douzaine de fois, de mon premier biberon jusqu'à ma dernière bière! Pinsonneault semblait vraiment chercher l'auteur du crime, Danton, lui, tentait de prouver que c'était moi le criminel.

– Pour le moment, Halton, refuse de répondre à toute autre question de la part de qui que ce soit, excepté de moi-même. C'est ton droit. Je vais tenter de découvrir la preuve que les autorités ont contre toi. Si tu veux me rejoindre, n'hésite pas. Tu as mon numéro de téléphone.

Léon se rendit au bureau de Pinsonneault. Ce dernier, un grand gaillard sérieux, le reçut amicalement et l'invita à s'asseoir.

– Très heureux de vous revoir, Me Marquis. Vous m'avez l'air d'un jeune marié en pleine lune de miel. Votre épouse se porte bien?

– Oui, merci sergent, Rénalda se porte à merveille. Nous avons fait un excellent voyage. Mon épouse s'occupe en ce moment de meubler notre nouvelle petite maison au bord de la rivière. Quant à moi, je dois revenir bien vite au quotidien. Comme vous le savez sans doute, j'ai une cause de meurtre. Mon client MacTavish nie toute culpabilité. Qu'est-ce que vous avez contre lui?

– Mon cher maître, je ne suis plus chargé du dossier. Semble-t-il que les autorités ont trouvé que l'enquête n'avançait pas assez rapidement. Les Américains font pression, vous savez. Finlayson était un homme d'affaires très important et influent. Je présume qu'au cours de votre voyage de noces aux États-Unis vous n'aviez pas l'esprit à lire les journaux ou à écouter les nouvelles à la télévision. Cette histoire a fait les manchettes dans toute l'Amérique du Nord. Les politiciens commencent à hurler. Le tourisme dans notre région risque de s'en ressentir. Nos autorités cherchent une solution rapide et efficace.

– Je comprends, mais quelle preuve avez-vous contre Halton?

– J'hésite à ajouter quoi que ce soit à ce que vous savez sans doute déjà. Halton a passé la journée avec monsieur Finlayson. Ce dernier était un homme très riche. Le motif est là : son argent. De plus, Halton n'a pas bonne réputation. De graves soupçons pèsent sur lui. Le capitaine Danton est ici au poste en ce moment, si vous voulez le rencontrer...

En effet, le capitaine Roch Danton arpentait fiévreusement le couloir. Léon lui tomba presque dans les bras en sortant du bureau du sergent. Musclé, la moustache carrée, les cheveux en brosse, Danton ressemblait à un animal puissant et irritable. Léon s'excusa de l'avoir effleuré et se présenta.

– Je suis l'avocat Léon Marquis. Je représente Halton MacTavish que je viens de rencontrer. J'aimerais discuter avec vous de la preuve que vous détenez contre lui pour me permettre de préparer notre défense.

– Ce n'est pas le rôle d'un policier de révéler la preuve aux avocats. Je fais enquête, puis je remets le dossier au procureur de la Couronne. Si vous avez des questions à poser, c'est à lui que vous devez le faire.

Fin de la conversation. Danton entra dans le bureau du sergent et referma la porte avec autorité. D'après les éclats de voix qui lui parvenaient de l'intérieur, Léon conclut que sa source coutumière de renseignements venait de tarir. Suivant les conseils du capitaine, il se rendit chez le procureur de la Couronne, son vieux copain Réjean Beauparlant.

Diplômés de la même promotion de l'École de droit de l'Université Laval, les deux jeunes avocats faisaient bon ménage. Ils s'affrontaient régulièrement en cour, avec vigueur et ténacité, tout en se respectant l'un l'autre. Réjean, rouquin grassouillet, prenait un plaisir fou à taquiner Léon.

– Tiens, tiens! Si ce n'est pas notre nouveau marié qui nous revient à Beaurivage. Pas fort, mais pas mort! Comment as-tu réussi à te décrocher de ta beauté suprême pour redescendre parmi les mortels?

– Salut, vieille branche! Comme tu peux le deviner, je me suis ennuyé de la cour et de vous tous pendant mon absence. Et il s'en passe des belles à Beaurivage, même des meurtres, quand je ne suis pas autour pour vous surveiller. Je viens de rendre visite à mon client MacTavish et j'ai rencontré le charmant capitaine Danton. Il m'a envoyé te voir.

Mᵉ Beauparlant, habituellement si jovial et loquace, devint visiblement plus prudent.

– Écoute, mon vieux, je ne sais pas encore si les autorités vont me confier ce dossier. Il semble que les gens du ministère à Québec suivent cette affaire de très près. Ce Finlayson était un gros bonnet. Son assassinat a suscité beaucoup de publicité pendant que tu gambadais avec ta Rénalda sur les plages ensoleillées. Les gouvernements des deux pays sont aux aguets et le procureur général du Québec très nerveux. Alors, tout comme toi, j'attends la suite des événements.

Effectivement, le procureur général adjoint confia le dossier à un criminaliste très en vue de Montréal, Mᵉ Antoine Filion. Ce dernier, un bonze autoritaire et bedonnant, arriva à Beaurivage la veille de l'enquête préliminaire pour s'enfermer pendant plusieurs heures dans sa chambre, à l'hôtel Champlain, en compagnie du capitaine Danton. En fin de journée, il fit venir Mᵉ Beauparlant pour le mettre au courant du rôle très limité qu'il voulait lui confier.

La salle du Palais de justice de Beaurivage était bondée quand le nouveau juge de district, Lucien Lamarche, monta sur le banc. Il était appelé à présider l'enquête préliminaire pour décider s'il y avait matière à procès. Le juge Lamarche était un vieux routier du Palais de justice de Beaurivage et il venait de recevoir la nomination dont il rêvait depuis l'école de droit.

Léon se rendit compte rapidement que Danton et Filion formaient une paire redoutable. Le dossier solidement établi par l'un était habilement plaidé par l'autre. Pour la première fois de sa jeune carrière, Léon faisait face à deux professionnels de haut niveau. Halton, confortablement installé dans la boîte de l'accusé, semblait goûter à fond le spectacle qui se déroulait devant lui.

Avec une éloquence marquée de souplesse et de suavité, Me Filion parvint à obtenir de ses témoins suffisamment de preuves pour aboutir à la décision affirmative qu'il recherchait, sans pour autant dévoiler d'autres éléments qu'il préférait sans doute conserver pour le procès. Les témoins confirmèrent ce que Léon avait déjà appris de l'accusé et rapportèrent en plus d'autres faits circonstanciels cruciaux pouvant relier l'accusé au crime : les empreintes digitales de MacTavish avaient été retrouvées dans la chambre de la victime, dont le portefeuille avait disparu. Cinq billets de banque américains de cent dollars avaient été découverts à l'intérieur du matelas de l'accusé au dortoir des guides.

Évidemment, ces deux éléments de preuve eurent le don de plonger Léon dans la consternation. Il jeta un coup d'œil inquiet vers Halton, qui arborait son petit sourire moqueur habituel. Il décida donc qu'il serait très imprudent de le faire témoigner. Mieux valait attendre le procès. Son Honneur décida du banc qu'il y avait matière à procès.

Quand Léon revit l'accusé dans sa cellule, il avait plusieurs questions sérieuses à lui poser. Halton répondit, mine de rien, que oui il avait «emprunté» quelques billets à son pêcheur et les avait «très bien camouflés» dans son matelas. Monsieur Finlayson, multimillionnaire, avait beaucoup moins besoin de cet argent que lui. Le portefeuille du pêcheur était tombé dans le fond du canot et Halton s'était tout bonnement servi avant de le jeter dans le courant. Quant à ses empreintes, il n'était pas surprenant qu'elles se retrouvent dans la chambre de monsieur Finlayson, il s'y rendait souvent pour jaser et prendre un verre avec lui. Avait-il assassiné monsieur Finlayson? Jamais de la vie! Il aimait trop son pêcheur. Il se serait battu à mort pour le défendre.

– Je veux bien te croire, enchaîna Léon, je te connais. Dans mon esprit, tu n'as pas l'étoffe d'un assassin. Tu ne fais pas sérieux pour ton âge, tu as la conscience plutôt élastique, mais quand je te regarde dans les yeux, je ne vois pas un meurtrier. As-tu d'autres choses à me cacher? De grâce, n'attends pas le procès, ce sera probablement trop tard.

– Je n'ai jamais tué personne de ma vie. Comme tu l'as entendu à l'enquête, monsieur Finlayson a été descendu d'un coup de revolver avec silencieux, selon la preuve de l'expert en balistique. Je n'ai pas de silencieux, même pas de revolver. Je n'ai qu'une carabine à chevreuil, une vieille Winchester que je garde chez nous au village.

– Sais-tu si monsieur Finlayson avait des ennemis?

– Sûrement pas parmi les guides ni le personnel à Brandy Brook. Il était respecté de tous.

– Est-ce qu'il semblait bien s'accorder avec les autres sportifs?

– Cette année, il est venu avec un monsieur Frankfurter. Il l'appelait Ross. Je ne sais pas si c'était un ami, un parent ou un client. Ils jasaient souvent ensemble avant le souper. Je crois que monsieur Frankfurter vient de la ville de Washington, lui aussi. Je me souviens qu'ils étaient tous les deux sur la galerie en fin d'après-midi, le jour du meurtre.

— Halton, si tu te souviens d'autres choses, même des plus petits détails, je t'en supplie, fais-les-moi connaître immédiatement.

Rentré chez lui en fin de journée, Léon trouva sa jeune épouse au salon, en train de placer les meubles et d'accrocher les tableaux aux murs. La petite maison neuve, avec vue spectaculaire sur la Restigouche, reflétait déjà la simplicité et la sérénité du jeune couple. Rénalda, ravissante brune aux yeux verts, rayonnait de bonheur.

— Mᵉ Marquis a passé une journée fructueuse à son cabinet, chantonna-t-elle affectueusement en recevant les caresses de son époux.

— Une journée très chargée, ma belle. L'affaire MacTavish a pris un tournant inattendu à l'enquête préliminaire. Il va falloir que j'aille effectuer ma propre petite enquête à Washington. Je ne peux m'attendre à aucune coopération de la part de Filion et encore moins de Danton. Ces deux-là sont déjà convaincus de la culpabilité de Halton. Il semble clair que leur mission est d'avoir sa peau, et le plus rapidement possible.

— Qu'est-ce que tu penses découvrir à Washington, demanda Rénalda, très intriguée.

— Je ne sais pas ce que je vais déterrer. Halton m'a admis avoir volé l'argent du portefeuille de Finlayson, mais jure ne pas avoir assassiné ce monsieur. C'est fort possible qu'il dise la vérité; Halton n'a pas la tête d'un assassin. Alors, qui a tué Finlayson? Il était accompagné à Brandy Brook d'un autre homme d'affaires de Washington, un dénommé Frankfurter. Je veux lui parler. Dans un premier temps j'aimerais jaser avec madame Finlayson, la veuve de la victime. Que dirais-tu d'un deuxième petit voyage de noces aux États?

    – Quand est-ce que l'on part?

    – Demain matin à la première heure.

Léon savait bien qu'il s'exposait à un échec en se lançant ainsi à l'aventure, sans rendez-vous. Par ailleurs, il craignait d'effaroucher ses interlocuteurs en les prévenant de son arrivée. Il prit tout de même la précaution d'obtenir avant son départ l'adresse de madame Finlayson.

Chapitre II

Un filon intéressant à Washington

Au point du jour, le jeune couple traversait déjà en voiture le nord-ouest du Nouveau-Brunswick. Le lendemain, ils étaient dans la capitale des États-Unis. Ils se rendirent directement à la résidence de madame Finlayson, dans le quartier très huppé de Georgetown.

Ils sonnèrent à la porte. Une jolie jeune fille en tenue sportive vint ouvrir. Elle leur répondit que madame Finlayson se reposait.

– Si vous voulez bien laisser votre carte, je la lui remettrai, dit-elle.

– Voici, répondit Léon, je suis un avocat canadien. Il est très important pour la justice que je lui parle. Je vous assure que, si elle est fatiguée, je ne l'importunerai pas longtemps.

La demoiselle parut être favorablement impressionnée par le ton d'urgence et de sincérité de Léon, ainsi que par l'allure sympathique des deux jeunes visiteurs. Elle leur accorda un léger sourire en leur demandant d'attendre quelques instants. Elle revint peu après et les conduisit à un petit boudoir où madame Finlayson vint les rejoindre.

Grande dame aristocrate à l'œil vif mais triste, madame Finlayson reçut les deux Canadiens avec courtoisie et fit servir le thé. Après quelques échanges de politesse et de sympathie, Léon entra dans le vif du sujet.

— Madame Finlayson, je vous suis très reconnaissant d'avoir consenti à nous recevoir. Je représente Halton MacTavish, un jeune guide du camp Brandy Brook, sur la rivière Restigouche. Il est accusé du meurtre de votre mari. Il a admis avoir volé l'argent du portefeuille de monsieur Finlayson, et ses empreintes digitales ont été retrouvées dans la chambre de votre époux; la preuve contre lui est donc accablante. Personnellement, je crois en son innocence. Cependant, je ne sais pas comment un jury verra l'affaire; quelqu'un a tué monsieur Finlayson et Halton est le seul suspect.

— Excusez-moi de vous interrompre, Me Marquis. Vous avez bien dit Halton MacTavish?

— Oui, madame, c'est le nom de l'accusé.

— Mon mari m'a souvent parlé de lui et de son frère Angus. Ils le guidaient tous les deux depuis trois ou quatre ans. Bill les aimait beaucoup, surtout le plus jeune, Halton, qu'il trouvait amusant au possible. Ils avaient la réputation d'être d'excellents guides; Bill prenait beaucoup de saumons grâce à eux.

— Je suis très heureux d'entendre vos observations, madame. Vos propos affermissent mon opinion quant à l'innocence de Halton. Mais qui, selon vous, aurait abattu votre époux?

— Franchement, les autorités policières canadiennes m'ont toujours laissé entendre qu'il s'agissait d'un vol local. Je ne connais personne dans votre région.

— Connaissez-vous monsieur Frankfurter, qui accompagnait votre mari?

– Oui, bien sûr, Ross était son associé en affaires. C'est la première fois, je crois, que Bill l'emmenait à la pêche sur la Restigouche. Chaque année, il invitait un compagnon différent pour discuter de travail tout en se délassant.

– Savez-vous s'ils s'accordaient bien tous les deux?

– Bill me parlait rarement de ses affaires. Vous savez, il en brassait beaucoup. Il n'avait pas seulement sa compagnie de chemins de fer. Et il ne me disait jamais de mal de qui que ce soit. Il réglait lui-même ses problèmes. Mais j'ai toujours eu l'impression que Ross était un de ses meilleurs copains.

– Savez-vous où je pourrais rejoindre monsieur Frankfurter?

– Sa résidence n'est pas loin d'ici, dans Georgetown. Son bureau se trouve dans un grand édifice au centre-ville. Il est président de la compagnie North Atlantic Shipping, une agence de transport maritime. C'est un monsieur très pris. L'adresse de sa compagnie est dans l'annuaire téléphonique. Il sera peut-être difficile à rejoindre.

– Je vais tenter ma chance, madame. Je vous remercie de votre indulgence à notre endroit. Encore une fois, nos sympathies les plus sincères pour le décès de votre époux.

Les deux visiteurs tirèrent leur révérence et se rendirent à l'hôtel Shoreham prendre une chambre pour la nuit. Une fois installé, Léon parcourut le bottin et repéra l'adresse de la North Atlantic Shipping. Le lendemain, ils allèrent tous les deux aux bureaux de la compagnie, situés au vingtième étage d'un grand édifice de l'avenue Connecticut.

La réceptionniste les avisa que le président serait en réunion une bonne partie de l'avant-midi et, comme

ils n'avaient pas pris de rendez-vous, ils devaient ins-
crire leurs noms et coordonnées ainsi que l'objet de
leur visite sur la carte qu'elle leur présenta. Léon remplit le document et répondit ainsi à la dernière question :

Objet : «Assassinat de Bill Finlayson».

La réaction fut presque immédiate. Monsieur
Frankfurter se présenta lui-même à l'entrée pour inviter le jeune couple à passer à son bureau. Le président
de la North Atlantic Shipping était un petit homme
chauve, alerte et dynamique. En mettant les pieds
dans la pièce, les deux Beaurivageois furent impres-
sionnés par le panorama spectaculaire de la ville, découvert depuis l'immense fenêtre placée derrière le
bureau du président. Ce dernier les fit avancer pour
leur indiquer la Maison Blanche, le Capitole, le Lincoln
Memorial et, en toile de fond, la rivière Potomac cou-
lant vers l'Atlantique. Léon et Rénalda devinèrent spontanément que monsieur Frankfurter était très fier de
l'effet produit sur les visiteurs par ce magnifique coup
d'œil et ils n'hésitèrent pas à lui poser des questions
sur des points intéressants de la capitale qu'ils ten-
taient d'identifier.

– Bien sûr, mes jeunes amis de la Restigouche,
déclara Frankfurter avec un large sourire, vous ne venez pas ici pour me parler de Washington, mais du
meurtre de ce pauvre Finlayson. Bill était un bon ami
à moi, vous savez.

– Voilà! Monsieur Frankfurter, lui répondit Léon,
si nous venons ainsi prendre un peu de votre temps
précieux, c'est parce que l'assassinat de votre ami est
lourd de conséquences graves pour un accusé probablement innocent.

– J'ai lu dans les journaux que l'on avait arrêté un suspect. J'ai été très surpris d'apprendre qu'il s'agissait de Halton MacTavish. J'ai passé un après-midi avec lui en canot, puis je l'ai souvent rencontré en compagnie de Bill. Je l'ai toujours trouvé avenant, même amusant, et plutôt inoffensif. Bill aimait beaucoup folichonner avec Halton.

– Monsieur Frankfurter, personnellement je crois en l'innocence de Halton. J'ai l'impression que les autorités poussent un peu fort pour trouver un coupable et dénouer cette affaire qui donne de nous une bien mauvaise image. Halton m'a admis avoir vidé le portefeuille de monsieur Finlayson qu'il a trouvé dans le fond du canot. Ce n'est pas beau, mais ça ne constitue pas un motif de meurtre.

– Est-ce que l'on a effectué une enquête complète à ce sujet? Personne n'est venu me poser de questions ici avant que soit portée une accusation contre Halton. Vous êtes le premier; c'est pourquoi j'ai accepté de vous rencontrer ce matin, même si mon horaire est très chargé. Et je suis très heureux de faire votre connaissance et de rencontrer votre jolie dame. Soit dit en passant, ne l'emmenez pas à Hollywood, on vous l'enlèverait sûrement.

– Vous êtes trop gentil, monsieur Frankfurter, répondit Rénalda en rougissant. J'ai déjà été enlevée une fois, maintenant j'ouvre l'œil.

– Pour revenir à votre première question, enchaîna Léon, les hauts fonctionnaires du procureur général jouent très serré. Ils ont dépêché leur plus dur enquêteur et leur procureur de la Couronne le plus féroce. Ils n'ont dévoilé que le strict essentiel à l'enquête préliminaire. Toute la preuve déposée va contre l'accusé.

Je doute fort que l'on ait étendu le filet pour attraper d'autres suspects.

— Franchement, M⁰ Marquis, cette affaire m'intéresse au plus haut point. Malheureusement, je n'ai pas le temps ce matin de vous en parler davantage. J'ai dû quitter une réunion pour venir vous saluer. Accepteriez-vous tous les deux de venir souper avec nous ce soir?

— Nous ne voudrions surtout pas nous imposer, répondit Rénalda.

— Pas du tout, ma chère dame. Nous passerons vous prendre à dix-neuf heures, à votre hôtel.

À l'heure indiquée, le chauffeur de la longue limousine vint prendre Rénalda et Léon. Monsieur et madame Frankfurter étaient déjà assis sur une des deux banquettes arrière. Madame Frankfurter était une petite blonde effervescente que son mari présenta familièrement, à l'américaine : «Voici Betty». Au restaurant, le Mayflower, après les apéritifs, l'on s'appelait Rénalda, Léon, Betty et Ross, comme des amis de longue date. À table, on parla de tout : de l'enlèvement de Rénalda à la Barbade, du mariage tout récent des deux jeunes, de la tournée de pêche de Ross sur la Restigouche, de son agence de transport maritime (*a great year*), les voyages de Betty de par le monde (*I love Paris*). Pas un mot de l'assassinat de Finlayson.

Après le repas, Ross invita les deux Canadiens à prendre un cognac chez lui. Pendant que les deux dames s'entretenaient dans le salon, Ross entraîna Léon dans sa bibliothèque pour discuter du sujet qui les préoccupait tous les deux.

Ross écouta attentivement la narration détaillée des événements, puis fit part à Léon de ses commentaires. Il l'assura que, tout en étant un homme d'affaires à la poigne solide, Bill Finlayson était un franc-tireur. Ils ne se faisaient pas concurrence; à Bill le transport ferroviaire, à Ross le transport maritime. Effectivement, leurs deux entreprises se complétaient. Ross ne connaissait pas d'ennemis personnels à Bill. Par ailleurs, ce dernier avait sûrement écrasé bien des orteils en cours de route. On ne parvient pas au sommet d'une pyramide sans déplacer du monde et on ne se maintient pas en haut sans bousculer des concurrents. Cependant, Bill parlait rarement des affaires des autres; il n'était donc pas facile de savoir si quelqu'un lui en voulait suffisamment pour l'éliminer.

Ross fit remarquer qu'au camp Brandy Brook ils n'avaient pas été les deux seuls sportifs. Certains soirs, on pouvait en compter une bonne dizaine à table, et d'autres pêcheurs arrivaient des divers camps du Beaurivage Salmon Club. Le soir de l'assassinat, Bill avait bavardé sur la galerie avec deux sportifs avant le souper. Ross avait entendu des éclats de voix et noté le ton acerbe de la conversation au moment où il revenait de la pêche et montait l'escalier vers le camp. À son arrivée, Bill s'était levé et lui avait présenté les deux visiteurs.

À mesure que Ross parlait, cet incident oublié se précisait dans son esprit. Il lui revint à la mémoire que ces deux messieurs portaient le nom de Bormisky, père et fils. Bill lui avait présenté le père comme étant un entrepreneur d'Arlington, en Virginie. Il se souvenait maintenant que les deux Bormisky n'étaient pas restés pour le repas.

— Mon cher Léon, poursuivit Ross Frankfurter, je crois que nous avons découvert un filon qu'il nous faut exploiter. Il est trop tard ce soir. Demain matin, à l'ouverture des bureaux, je demanderai à mon agence d'information de me fournir le pedigree complet de ce monsieur Bormisky. Pour le moment, rejoignons nos dames, puis nous irons tous nous reposer. Je te rappellerai demain aussitôt les renseignements obtenus.

Le lendemain, en fin de matinée, la sonnerie du téléphone se fit entendre dans la chambre des Marquis, au Shoreham.

– Bonjour Léon, ici Ross Frankfurter. Je passe vous prendre à l'instant pour déjeuner en Virginie et vous communiquer des renseignements très intéressants.

Cette fois-ci, Ross était seul au volant d'une modeste berline.

– Vous avez bien dormi, les jeunes? Nous emprunterons le pont qui enjambe le Potomac et, presto, nous serons rendus en Virginie. Nous longerons le cimetière national d'Arlington, où repose mon bon ami John Kennedy, et filerons vers le quartier résidentiel de la ville, question de vérifier si un certain monsieur Bormisky habite bien à l'adresse qu'on m'a donnée. On m'a préparé une carte qui indique le trajet à suivre. Vous comprendrez qu'il ne serait pas sage de mener cette petite enquête avec chauffeur et limousine.

Une fois passé le cimetière, la voiture prit un tournant vers des collines ondulantes parsemées de résidences opulentes pour s'approcher du 2256, croissant Magnolia. Une décapotable blanche était stationnée dans l'entrée. Ross conduisit plus lentement. Il n'y avait personne à l'extérieur de la résidence. Il alla tourner plus loin et revint devant la maison. Cette fois-ci, un grand gaillard sortit du garage et se dirigea vers la décapotable. Ross reconnut immédiatement le jeune Bormisky :

cheveux blonds, mince moustache, épaules larges, air sûr de soi. Pas d'erreur possible, c'était bien le garçon assis sur la galerie du camp Brandy Brook.

– Ça tombe pile, s'exclama Ross. Allons maintenant étudier la biographie du papa de ce jeune homme tout en prenant une bouchée à un bon petit restaurant. Nous y aurons une vue superbe sur la rivière Potomac et l'Université Georgetown, construite sur une colline, de l'autre côté de la rive.

Une fois attablés et les plats choisis, Ross posa sur la table un document d'une page intitulé «Kirk W. Bormisky». Il lut à ses deux invités le paragraphe principal :

«Âge, 54 ans. Études commerciales au collège de Richmond, Virginie. Marié à Suzan Burns. Deux enfants : Hugo et Sylvia. Entrepreneur en construction. Spécialiste en immeubles industriels. A construit des entrepôts pour grandes chaînes de magasins (Publix, J.C. Penny), des hangars pour aéroports (La Guardia, Washington) et gares ferroviaires (principalement au compte de la W. & D. Railway) dans l'est et le sud. Situation financière solide jusqu'à l'an passé. Récemment en grande difficulté à la suite de la construction d'une série d'entrepôts pour le compte de la W. & D. Railway. Soumissions trop basses. Possibilité de faillite. Sports favoris : golf et pêche au saumon.»

– Fantastique! s'exclama Léon. Vous êtes efficace, mon cher monsieur Frankfurter! Je bénis le ciel de vous avoir rencontré.

– Mais comment pourrons-nous relier Bormisky à l'assassinat de monsieur Finlayson? demanda Rénalda.

– Excellente observation, répondit Ross. Je présume qu'il va nous falloir l'aide d'une agence de détectives.

— Malheureusement, Ross, déclara Léon, ni Mac-Tavish ni moi n'avons les ressources nécessaires pour financer une telle enquête.

— Qu'à cela ne tienne, répondit l'homme d'affaires américain. Nous engageons souvent de ces agences pour effectuer des investigations à la suite de vols de cargaison à bord des vaisseaux ou sur les quais. Nous savons précisément où et quand le meurtre a eu lieu, nous connaissons l'adresse et l'occupation de notre suspect, je peux donc fournir les données nécessaires à une agence. Quant à la note, je trouverai bien moyen de la faire absorber par une de mes compagnies.

— Votre coopération et votre générosité nous emballent, monsieur Frankfurter, affirma Rénalda. Nous vous devons une fière chandelle.

— Vous savez, je dois au moins ça à Bill et, de plus, ma conscience me tracasserait toute ma vie si le jeune MacTavish était trouvé coupable faute d'une défense complète. Et ce serait pour moi une énorme satisfaction personnelle que de mettre le vrai assassin en tôle. Je vous assure que je vais suivre l'affaire de très près. La partie la plus difficile sera peut-être la présentation de la preuve au procès. Je ne m'y connais pas, mais après tout, il s'agit du procès de MacTavish et non de celui de Bormisky. C'est là, mon Léon, que tu vas déployer tes talents! Alors, on garde le contact par téléphone. Léon, je te fais parvenir les résultats de l'enquête aussitôt reçus.

— Il va falloir faire vite, conclut Léon. Les autorités provinciales veulent que le procès soit entendu aux prochaines assises du Palais de justice de Beaurivage. Alors, mille fois merci, Ross, nous devons retourner au boulot.

Chapitre III

Coup de théâtre au Palais de justice

LES deux jeunes Canadiens retournèrent à Beaurivage, satisfaits de leur expédition. Le lendemain de leur arrivée, Léon rendit visite à Halton, maintenant détenu au pénitencier fédéral de Montcerf, à une centaine de kilomètres de Beaurivage. L'entrevue eut lieu dans un petit parloir hors cellule. Halton paraissait d'excellente humeur, affichant toujours son sourire de gamin espiègle.

– Halton, te souviens-tu d'un dénommé Kirk Bormisky qui était à la pêche sur la Restigouche avec son fils Hugo, le jour de l'assassinat de monsieur Finlayson?

– Je me souviens que ces deux-là pêchaient à partir du camp Indian House, en amont de Brandy Brook. Moi-même, je ne les ai jamais guidés, mais les autres m'ont dit que c'étaient des durs. Ils prenaient un coup fort tous les deux et parfois s'engueulaient. Il paraît que le jeune se pratiquait au revolver en descendant les oiseaux. Ce tapage n'était pas apprécié du tout des autres sportifs. Il me semble que ces deux individus se sont arrêtés au Brandy Brook l'après-midi du meurtre. Maintenant que j'y pense, je crois même les avoir vus sur la galerie avec messieurs Finlayson et Frankfurter.

— Quel air avaient-ils, ces deux hommes?

— Le jeune avait l'air fendant, un grand blond, bâti fort. Je crois qu'il portait une petite moustache, mais je ne suis pas certain.

— Et le père?

— Il était plus gros et plus court. Il avait mauvaise gueule, un air maussade.

— Quand les as-tu vus pour la dernière fois?

— Ils étaient encore sur la galerie quand j'ai pris la passerelle vers le camp des guides. Je ne les ai jamais revus par après.

— Tu m'as déjà parlé de Ross Frankfurter. Tu le connaissais un peu?

— Bien sûr, je l'ai déjà guidé. C'était l'invité de monsieur Finlayson. Un petit bonhomme aux yeux pétillants. Nous avons eu beaucoup de plaisir ensemble.

— As-tu entendu le coup de feu qui a terrassé monsieur Finlayson?

— Mais non! Même ceux qui étaient sur la galerie ne l'ont pas entendu. Comme monsieur Finlayson n'arrivait pas pour le souper, c'est le serveur, un jeune Gallant, qui l'a découvert dans sa chambre, étendu sur le plancher.

Quelques jours plus tard Léon reçut un coup de fil de Frankfurter lui annonçant que le rapport de l'agence relatif à Bormisky venait d'être mis à la poste. En effet, le document parvint à Léon peu après. En voici le paragraphe central :

«Kirk W. Bormisky. Arlington, Va. Contracteur en bâtiments industriels en instance de faillite suite à un contrat déficitaire avec la W. & D. Railway. A intenté des poursuites contre cette compagnie et son président W.U. Finlayson. En juillet est allé faire un tour de pêche avec son fils Hugo sur les eaux de la Restigouche. Il est membre du Beaurivage Salmon Club, bureau chef à Beaurivage, Québec. Les registres du club indiquent qu'il a pêché à différents endroits mais était surtout cantonné au camp Indian House. Il est arrivé par train à Beaurivage le lundi matin, 5 juillet, à huit heures, et a repris le train le dimanche suivant, 12 juillet, à vingt et une heures (le jour de l'assassinat de W.U. Finlayson). Ses deux guides attitrés étaient Guy Crosswell et Emerson Morse, de Beaurivage, Québec. Les deux guides se souviennent que Bormisky et son fils Hugo se sont arrêtés pour se désaltérer au camp Brandy Brook en descendant vers Beaurivage prendre le train. Le serveur, Raymond Gallant, se souvient de leur avoir servi chacun un double martini. Il a entré leurs noms dans les registres de Brandy Brook au jour et à l'heure indiqués, pour fins de facturation. Les deux guides ont attendu dans le canot amarré au quai au bord de la rivière. L'arrêt a duré un peu plus d'une demi-heure. Les deux guides n'ont rien vu ni entendu d'anormal pendant l'attente. Ils ont déposé les deux pêcheurs à Beaurivage vers vingt heures.»

Léon poussa un long soupir de soulagement; le rapport confirmait en tout point ce qu'il avait appris jusqu'ici, et apportait en outre d'autres précisions très intéressantes. Il décida sur-le-champ d'aller rencontrer les guides Crosswell et Morse qu'il connaissait bien pour avoir joué au hockey avec eux dans leurs plus jeunes années. Morse se trouvait quelque part sur la rivière, Crosswell était chez lui, assis sur la galerie. Il confirma sans hésitation les détails précités. Il était tout de même intrigué par ces questions, car un bureau de crédit de

Washington lui en avait posé de semblables au téléphone il y avait à peine quelques jours.

— Quel genre de paroissiens étaient ces deux
Bormisky, lui demanda Léon.

— Le père était plutôt taciturne. Il semblait filer du
mauvais coton. Quant au fils, il était gueulard et tapageur. Il tirait des coups de revolver sur les oiseaux à
partir du canot. Lorsque son père lui a dit de se calmer, il a sorti un silencieux de son sac, l'a installé sur
l'arme à feu et a continué son petit jeu plutôt agaçant,
dangereux même quand le canot est en mouvement.
Tous les deux prenaient un coup solide, surtout la dernière journée en descendant à la gare de Beaurivage.

Il restait Raymond Gallant à interroger. Crosswell
apprit à Léon que le jeune serveur était encore au travail à Brandy Brook. De toute façon, pensa Léon,
Raymond sera sûrement convoqué par la Couronne,
ayant été le premier à constater l'assassinat de Finlayson.
Ce sera le moment opportun pour le contre-interroger
au sujet des Bormisky. Évidemment, Mᵉ Filion va sauter au plafond et s'opposer, mais on verra le moment
venu comment le juge réagira aux objections.

Effectivement, le procès débuta le 4 septembre sous
la présidence de Sa Seigneurie Anatole Mignon, de la
Cour supérieure de Québec, le même magistrat qui avait
entendu l'affaire Champagne, pour laquelle Léon re-
présenta l'accusé Joe Gravel et le fit acquitter.

Dans son exposé de la cause, Mᵉ Filion déclara au
tribunal et au jury qu'il allait démontrer que, le 12 juillet,
William Urquart Finlayson de Washington, D.C., États-
Unis d'Amérique, a été trouvé mort sur le plancher de
sa chambre au camp de pêche Brandy Brook dans le
canton de Brousseau, comté de Beaubassin, province

de Québec. Raymond Gallant, serveur au camp, a fait la découverte vers dix-neuf heures. Le médecin légiste établira qu'il est décédé instantanément d'une balle au cœur. L'expert en balistique montrera qu'il a été atteint d'une balle de revolver de calibre .32, tirée à bout portant, à quelques pouces de distance de la victime, et que l'arme était vraisemblablement munie d'un silencieux. La preuve établira clairement que l'accusé Halton Rupert MacTavish était sur les lieux et que ses empreintes digitales ont été relevées à plusieurs endroits dans la chambre de la victime. Il deviendra également évident que le motif pur et simple du meurtre était le vol, puisque le portefeuille de la victime a disparu et que cinq billets de banque américains de cent dollars ont été trouvés à l'intérieur du matelas de l'accusé, dans le dortoir des guides au camp Brandy Brook.

D'une voix grave et convaincante, le procureur de la Couronne termina ainsi son exposé :

– Votre Seigneurie, membres du jury, il vous sera démontré, sans l'ombre d'un doute raisonnable, que l'accusé a abusé de la confiance que lui témoignait son client pour lui subtiliser son portefeuille et l'assassiner lâchement. Depuis quatre étés déjà, il servait de guide à la victime et avait gagné son amitié. Il a donc profité de cette intimité pour atteindre son but sordide. Puisque la victime n'est plus là pour témoigner, nous ne savons pas ce qui s'est passé entre l'assassin et elle avant le meurtre. Ce que nous prouverons, c'est que la victime, sans arme et sans défense, a été sauvagement abattue à bout portant. Nous ne savons pas non plus ce qu'il est advenu du revolver, ni du portefeuille. Au nom de la justice, nous ne pouvons pas permettre qu'un pays accueillant comme le nôtre perde sa haute

réputation d'hospitalité et de sécurité. Au nom de tous
ceux parmi vous qui gagnez le pain de vos familles au
service de l'industrie touristique, nous vous demandons de faire votre devoir et de sévir contre celui qui
s'est rendu coupable d'un crime aussi abominable.

Le juge Mignon fronça les sourcils. Le procureur
comprit que son envolée oratoire frôlait dangereusement les frontières des normes acceptables en matière
d'argumentation devant un jury. Pour sa part, Léon ne
sentit pas le besoin d'émettre d'objections, satisfait qu'il
était de constater que Mᵉ Filion n'annonçait pas d'éléments nouveaux à sa preuve.

Tel que prévu, le premier témoin de la Couronne
fut Raymond Gallant, le jeune étudiant de Beaurivage
qui servait aux tables de Brandy Brook pendant les
vacances d'été. Garçon débrouillard et courtois, il répondit clairement à toutes les questions de Mᵉ Filion. Il
connaissait très bien monsieur Finlayson, homme généreux, que tous les employés du Brandy Brook ado-
raient. Quand ce monsieur ne s'est pas présenté au
souper à l'heure coutumière, il s'est rendu lui-même à
sa chambre pour constater que l'Américain était étendu,
le dos au plancher, une ouverture béante à l'estomac
d'où le sang avait coulé abondamment. Il alerta immédiatement le gérant du camp.

En contre-interrogatoire, Léon demanda au témoin
s'il avait vu l'accusé dans la chambre de la victime.

— Pas à ce moment, mais je l'ai déjà vu à quelques
reprises suivre monsieur Finlayson dans sa chambre.
Tous les deux semblaient faire bon ménage.

— Où était l'accusé au moment du meurtre?

— Je ne sais pas exactement à quelle heure le
meurtre a eu lieu. Quand j'ai trouvé monsieur Finlayson
sur le plancher, je crois que Halton était avec les autres

guides dans leurs quartiers. À l'heure des repas, les guides se retirent de l'autre côté de la passerelle.

– Avant le souper, avez-vous servi de la boisson à la victime, sur la galerie?

– Oui, il était assis avec deux autres pêcheurs.

– Qui étaient les autres pêcheurs?

– Objection! Votre Seigneurie, interrompit Mᵉ Filion, cette question n'est pas pertinente.

– Votre Seigneurie, répondit Léon, il est très important de savoir qui était présent sur la scène du crime et qui sont les dernières personnes à avoir parlé à la victime avant sa mort.

– Répondez à la question, ordonna le juge au témoin.

– Monsieur Finlayson, répondit le jeune Gallant, jasait avec deux pêcheurs d'Indian House qui se sont arrêtés pour prendre des consommations.

– Comment s'appelaient-ils?

– Objection! hurla le procureur de la Couronne. Le nom des pêcheurs en visite au club n'a aucune espèce de pertinence.

– Votre Seigneurie, la défense a le droit d'apporter une preuve pour démontrer qu'un tiers a pu commettre le crime en question. La Couronne s'acharne sur l'accusé sans s'être préoccupée d'élargir son enquête et de questionner d'autres suspects.

– Si vous connaissez les noms, ordonna le juge au témoin, fournissez-les au tribunal.

– Oui, je connais les noms. Quand les pêcheurs des autres clubs s'arrêtent ici prendre un repas ou des consommations, nous devons consigner leurs noms au registre du club. Les deux visiteurs étaient monsieur Kirk Bormisky, d'Arlington, en Virginie, et son fils Hugo.

– Est-ce qu'ils ont dîné à Brandy Brook, demanda Léon.

– Non, ils ont filé après leurs consommations.

– Étaient-ils les seuls à trinquer avec la victime? demanda Léon.

– Non, il y avait aussi monsieur Ross Frankfurter de Washington, D.C., l'invité de monsieur Finlayson, qui est arrivé sur la galerie par après. Monsieur Frankfurter, lui, est demeuré à souper, et c'est lui qui s'est le premier inquiété quand monsieur Finlayson n'est pas venu le rejoindre à table...

– Votre Seigneurie, interrompit Mᵉ Filion, je dois m'objecter vigoureusement à ce contre-interrogatoire. Le but de ce procès est d'établir si l'accusé Halton Mac-Tavish est coupable du meurtre de William Finlayson. Les allées et venues d'autres personnes ne sont pas pertinentes et ne servent qu'à confondre le jury.

– Votre Seigneurie, répondit Léon, si la Couronne ne connaît pas les personnes que je viens de mentionner, c'est qu'elle a escamoté son enquête. La Couronne ne vise qu'un individu et demeure aveugle face à la réalité. D'autres personnes que l'accusé étaient présentes au moment de l'assassinat de monsieur Finlayson. La jurisprudence a clairement établi que la défense a le droit d'apporter une preuve pour démontrer qu'un tiers a pu commettre le crime en question, à condition, bien sûr, que la preuve ne soit pas du ouï-dire. Le témoin a vu et a servi lui-même les personnes que je viens de mentionner, sur les lieux, au moment du crime. Évidemment, la Cour sera en mesure d'apprécier plus tard, dans le déroulement de ma preuve, le rôle de certains de ces personnages et pourra juger à ce moment de la pertinence de leurs agissements. La justice exige qu'un accusé ne soit pas privé de ses moyens légitimes de défense.

– Je vais trancher cette question immédiatement, déclara le juge. Je vais vous permettre, Me Marquis, de tenter de démontrer qu'un tiers a pu assassiner la victime, à condition que votre tentative ne soit pas farfelue. Vous n'aiderez sûrement pas la cause de votre client en tentant d'embrouiller le paysage simplement pour distraire le jury. Je vais surveiller de très près vos questions. Si vos interrogatoires pointent sérieusement vers une autre solution que la culpabilité de l'accusé et si votre preuve n'enfreint pas les règles d'admissibilité, je vous permettrai d'avancer vers votre objectif.

– Merci, Votre Seigneurie, répondit Léon, je vous assure que mon objectif est très sérieux et je m'engage à respecter vos directives. J'ai terminé mon contre-interrogatoire de ce premier témoin.

Me Filion était en conversation animée, à voix basse, avec le capitaine Danton à la table des avocats. Leurs gestes brusques et coups de tête négatifs indiquaient clairement que les deux hommes, pris par surprise, ne savaient plus sur quel pied danser. Le procureur de la Couronne finit par se lever et il indiqua qu'il n'avait pas d'autres questions à poser à ce témoin.

Les témoins experts de la Couronne se succédèrent sans créer d'imprévu. Dans ses contre-interrogatoires, Léon se contenta de demander aux témoins s'ils avaient prélevé d'autres empreintes que celles de l'accusé dans la chambre. Ils n'en avaient pas cherché. Avaient-ils retrouvé le revolver : non. Étaient-ils certains que l'arme était équipée d'un silencieux : évidemment, puisque personne n'avait entendu le coup de feu.

Les autres témoins de la Couronne, les guides et employés du club qui étaient sur les lieux, ont simplement confirmé les allées et venues de l'accusé et de la victime. En réponse aux questions de Léon, ils n'avaient pas remarqué la présence des deux Bormisky. Ils avaient, bien sûr, vu monsieur Frankfurter qui avait passé la semaine au camp avec monsieur Finlayson.

M⁰ Filion déclara sa preuve close.

Alors Léon se leva et présenta son propre exposé de la cause. La preuve de la Couronne était purement circonstancielle : personne n'avait vu l'accusé tirer sur la victime. Tout ce que la Couronne avait établi, c'est que l'accusé avait été à plusieurs reprises en présence de la victime, en canot, dans sa chambre et ailleurs, et qu'il avait volé son argent. Tous ces faits étaient admis. Mais la présence et le vol ne constituaient pas un assassinat. Léon termina ainsi son exposé :

– Je vais tenter de vous démontrer, preuves à l'appui, que la Couronne n'a pas arrêté le vrai coupable et qu'elle ne s'est même pas donné la peine de conduire une enquête adéquate. Les témoins de la défense vont établir que deux sportifs américains, messieurs Kirk et Hugo Bormisky, étaient sur les lieux du crime, qu'ils ont pris une consommation avec la victime et ont rencontré son ami Ross Frankfurter, de Washington, quelques instants avant l'assassinat. Ils vont témoigner également que le fils, Hugo Bormisky, était en possession d'un revolver équipé d'un silencieux; que son père, Kirk Bormisky, s'est querellé avec la victime sur la galerie du camp Brandy Brook très peu de temps avant le meurtre et qu'il y avait un grave motif de discorde entre les deux. Ce n'est pas mon rôle de prouver la culpabilité des Bormisky. Mon rôle est de défendre Halton MacTavish et, pour ce faire, je dois vous apporter une preuve convaincante qu'une autre personne que lui a pu tuer monsieur Finlayson. Comme vous le constaterez, je l'espère, la preuve à cet effet est accablante. Mon premier témoin sera Angus MacTavish, le frère de l'accusé.

En réponse aux questions précises de Léon, Angus témoigna que lui et son frère guidaient monsieur Finlayson depuis quatre ans. Ils s'entendaient très bien ensemble. L'Américain prisait surtout la compagnie de Halton, qu'il trouvait amusant, et l'invitait souvent à venir dans sa chambre pour examiner son équipement de pêche et ses mouches à saumon. C'est toujours Halton qui accrochait la perche de monsieur Finlayson sur la galerie, en haut de sa porte. La journée du meurtre, monsieur Finlayson l'avait envoyé lui, Angus, au village chercher d'autres mouches et, plus particulièrement, prendre une lettre recommandée au bureau de poste. L'Américain attendait une lettre très importante de son avocat et un employé de la poste l'avait avisé par téléphone qu'elle était arrivée.

— Est-ce que vous êtes revenu avec la lettre en question et, dans l'affirmative, l'avez-vous remise à monsieur Finlayson?

— Oui, je la lui ai remise sur la galerie quand il est arrivé de la pêche avec Halton.

— Était-il seul sur la galerie?

— Non, il était en train de discuter avec deux autres pêcheurs. Les voix étaient élevées. Je m'en suis retourné au camp des guides. J'ai appris ensuite qu'il s'agissait des deux Bormisky. J'avais entendu parler de ces deux-là par les guides d'Indian House...

— Objection! interrompit Me Filion. Pas de ouï-dire s'il vous plaît!

— Objection admise, déclara le juge. Témoin, ne répétez pas les paroles des autres. Contentez-vous de dire ce que vous avez vous-même vu ou fait.

— Très bien, monsieur le juge, reprit Angus. Moimême je ne l'ai pas vu descendre les oiseaux au revolver...

— Monsieur MacTavish, semonça le juge, je vous avertis pour la deuxième et dernière fois. Pas de ouïdire! Monsieur le greffier, veuillez rayer cette dernière phrase et vous, membres du jury, veuillez ne pas en tenir compte.

— C'est tout, monsieur MacTavish, merci, s'empressa de conclure Léon.

Les deux témoins suivants furent les guides Crosswell et Morse. Tous les deux, à tour de rôle, déclarèrent qu'ils avaient guidé les Bormisky sur les eaux du camp Indian House, que les deux Américains buvaient et parlaient fort, que le jeune tirait sur les oiseaux au revolver à partir du canot, qu'il avait ajusté un silencieux pour éliminer le bruit des coups de feu. Ils témoignèrent qu'en descendant la rivière, leur dernière journée de pêche, soit le 12 juillet, ils s'étaient arrêtés au camp Brandy Brook. Les Bormisky étaient montés sur la galerie et les deux guides étaient demeurés près du canot sur la grève. Au bout d'une demi-heure, les Américains sont redescendus et sont montés dans le canot sans prononcer un seul mot. Pour sa part, Morse a ajouté qu'il avait vu le jeune Bormisky glisser sa main dans l'eau près du canot au-dessus d'une fosse à saumon et laisser tomber un objet lourd qui a coulé vers le fond. Il a pensé que c'était un revolver, mais n'était pas certain. Crosswell, assis à l'avant du canot n'a pas vu ce geste.

— Vous souvenez-vous à quel endroit exactement Hugo Bormisky a jeté cet objet dans l'eau? demanda Léon.

– Oui, bien sûr, c'était dans la fosse du rapide Chamberlain, répondit Morse.

– Êtes-vous retourné voir par la suite?

– À votre demande, je suis retourné hier. L'eau était très claire. J'ai repéré le revolver presque immédiatement dans le fond, coincé sous une grosse roche. J'avais mon maillot de bain. J'ai plongé et je l'ai pêché du premier coup.

– Avez-vous le revolver avec vous?

– Oui, revolver et silencieux, répondit le guide en sortant l'arme de la poche intérieure de son blouson.

Le procureur de la Couronne, yeux arrondis et bouche bée, ne put prononcer qu'un seul mot :

– Objection!

– Quelle est votre objection lui demanda le juge?

– Il n'y a aucune preuve que c'est l'arme qui a tué la victime. Cette histoire me paraît cousue de fil blanc. Cette pièce n'est pas admissible.

– Votre Seigneurie, expliqua Léon, à ce stade je veux simplement déposer cette pièce pour identification. Encore une fois, si la Couronne avait fait son boulot, c'est elle qui aurait déposé la pièce et non moi, et une autre personne serait dans la boîte de l'accusé.

– L'objection est rejetée et la pièce est reçue pour identification seulement, prononça le juge.

Léon appela, pour autre témoin, nul autre que Ross Symington Frankfurter, de Washington, D.C. Les villageois de Beaurivage avaient remarqué la longue limousine avec plaque d'immatriculation américaine et chauffeur en livrée qui roulait depuis la veille entre l'hôtel Champlain et le Palais de justice. Ils pensaient qu'il s'agissait de témoins mystères de la Couronne que Filion et Danton gardaient en réserve. Pour leur part, ces deux derniers savaient très bien, eux, que la limousine ne leur apportait pas de bonnes nouvelles, de sorte qu'ils étaient devenus très inquiets.

Monsieur Frankfurter sauta très agilement dans la boîte aux témoins, fut assermenté, promena un regard scrutateur sur les procureurs et salua l'accusé d'un léger coup de tête.

Son témoignage, marqué au sceau de l'assurance, est prononcé en anglais. En réponse aux questions de Léon, le témoin décrit ses relations d'affaires et son amitié avec la victime, leur voyage de pêche sur la Restigouche, l'affection que monsieur Finlayson avait pour son guide, l'accusé, et ses propres entretiens avec la victime sur la galerie de Brandy Brook. En arrivant de sa tournée de pêche, en fin d'après-midi, il avait entendu des éclats de voix acerbes et avait constaté qu'il s'agissait de monsieur Finlayson et de deux étrangers. Les trois hommes sont devenus silencieux quand lui-même est apparu. Son ami Finlayson s'est levé et lui a présenté ses deux visiteurs : Bormisky père et fils.

Ross Frankfurter continua de narrer tout bonnement que Me Marquis était venu récemment le rencontrer à Washington, qu'ils avaient longuement discuté de l'affaire, qu'il avait reconnu le jeune Bormisky devant la demeure familiale à Arlington, en Virginie, qu'il s'était informé auprès de certaines agences de renseignements des affaires de Bormisky et qu'il détenait en sa possession deux rapports dignes de confiance établissant que Bormisky était au bord de la faillite à la suite d'un contrat avec...

– Objection! beugla Me Filion. J'ai été patient à date, Votre Seigneurie, mais ce témoin s'aventure de plain-pied dans le ouï-dire. Je m'objecte à ce qu'il produise ces rapports et je m'objecte à ce qu'il s'y réfère.

– Objection maintenue, statua le juge. Mᵉ Marquis, vous savez très bien que la seule personne autorisée à produire ces rapports est celle qui les a rédigés. De plus, pour être pertinents et admissibles en preuve, ces rapports doivent être reliés à un motif du crime.

– Très bien, Votre Seigneurie, je vais passer à un autre sujet, quitte à revenir plus tard au motif du crime. Monsieur Frankfurter, qu'avez-vous remarqué sur la galerie après votre rencontre avec les trois messieurs?

– J'ai bien vu que les relations entre les trois hommes étaient très tendues. Je ne me suis donc pas attardé. Je me suis retiré dans ma chambre pour me rafraîchir et m'habiller pour le souper. Plus tard, à la table, aucun des trois hommes n'était présent. J'ai donc demandé au jeune serveur d'aller frapper à la porte de Bill Finlayson. La Cour connaît maintenant la fin de cette triste histoire.

Le témoin suivant de Mᵉ Marquis était un dénommé Gregory Smith, qui donna comme occupation : greffier de la Cour de district de Washington, D.C. Léon lui présenta un document intitulé *Statement of claim - Kirk W. Bormisky vs. Washington & Delaware Railway and William Urquart Finlayson.*

– Monsieur Smith, lui demanda Léon, pouvez-vous identifier ce document?

– Objection! protesta Mᵉ Filion. Ce fonctionnaire américain n'a pas le droit de témoigner devant notre Cour. De plus, ce document civil n'a rien à voir avec notre cause criminelle.

Léon était prêt. Il s'avança devant le juge avec une copie de la Loi sur la preuve au Canada.

– En vertu du paragraphe 23(1) de la Loi, dit-il, la preuve d'une procédure d'un tribunal des États-Unis

peut se faire au moyen d'une ampliation ou copie certi-
fiée de la procédure. Je sais bien que, selon l'article 28
de cette même Loi, la partie qui a l'intention de produire une telle procédure doit donner un avis raisonnable pour permettre à l'autre partie de vérifier. Dans
les circonstances, vu le manque de temps, j'ai fait venir
le fonctionnaire américain préposé au dossier. Mᵉ Filion
pourra évidemment le transquestionner.

   — J'autorise le témoin à répondre aux questions
pertinentes, déclara le juge.

   Alors le témoin expliqua qu'il s'agissait d'une poursuite en dommages intentée par le demandeur Kirk W.
Bormisky contre les deux défendeurs précités, un document dûment signifié et enregistré au greffe de
Washington, D.C. Le témoin conclut que le document
était très clair. Il s'agissait d'une poursuite de dix mil-
lions de dollars en conséquence d'un contrat pour la
construction d'entrepôts.

   Le témoin suivant était un autre Américain, l'avocat Howard V. Pilkington, également de Washington, le
procureur représentant la W. & D. Railway et son président, Finlayson, dans l'affaire précitée. C'était un grand
monsieur sérieux, aux tempes grises et au verbe minutieux. Il confirma avoir expédié une lettre à monsieur
Finlayson, adressée au bureau de poste de Beaurivage.
Il s'apprêtait à déposer une copie de la lettre quand
Mᵉ Filion, encore une fois, fit violemment objection. Cette
fois-ci, c'est le juge lui-même qui, perdant patience, semonça le procureur de la Couronne.

   — Mᵉ Filion, si la Couronne avait démontré autant
de zèle à poursuivre son enquête avant le procès qu'elle
en déploie aujourd'hui à faire obstruction au dévoile-
ment de la preuve, la justice aurait été mieux servie. Il

me semble clair et évident que Me Marquis tente de démontrer que le meurtre n'a pas été commis par l'accusé, mais par un tiers. C'est son droit, c'est même son devoir de le faire. Il me semble clair et évident également qu'à ce stade-ci la défense tente d'établir le motif qui aurait poussé le ou les tiers à commettre le meurtre en question. Alors, je vous prie, Me Filion, de vous conduire en conséquence.

Me Filion rougit jusqu'à la racine des cheveux et s'en retourna à la table de la Couronne.

Le procureur américain, en des termes précis et pondérés, décrivit la nature de la poursuite de Bormisky, son propre projet de défense et ses tentatives de règlement avec le procureur du demandeur. Il expliqua que le conflit avait maintenant débordé les cadres des procédures pour verser dans une vendetta personnelle de la part du demandeur. Sa propre lettre adressée à son client au bureau de poste de Beaurivage exprimait son inquiétude à ce sujet. Il savait que les deux hommes devaient se rencontrer au cours du voyage de pêche sur la Restigouche pour tenter de régler cette affaire et il avait des craintes.

Léon, sentant qu'il avait obtenu suffisamment de ce témoin, décida de terminer son interrogatoire. Pour sa part, Me Filion bondit comme un fauve et tenta de déstabiliser le témoin dans un contre-interrogatoire serré. Peine perdue. Le procureur américain, avec un calme désarmant, répondit à toutes les questions sans se laisser prendre aux guets-apens que lui dressait le procureur de la Couronne. De guerre lasse, ce dernier s'en retourna tout penaud à son fauteuil.

Avant de clore sa preuve, Léon avait une dernière décision à prendre, probablement la plus difficile : allait-il faire témoigner l'accusé? Au strict point de vue légal, il n'était pas tenu de le faire. En général, un procureur de la défense n'appelle pas l'accusé comme témoin s'il doute de son innocence. Léon était convaincu de l'innocence de Halton. Il craignait cependant le comportement que pourrait avoir le jeune guide au cours d'un contre-interrogatoire virulent, tel que Me Filion voudrait sûrement le lui infliger, si Léon lui offrait l'accusé en pâture. De plus, Léon croyait avoir semé un doute raisonnable dans l'esprit des membres du jury, suffisamment pour acquitter l'accusé. Par contre, qu'allait penser le jury si l'accusé ne venait pas proclamer son innocence?

Léon décida de demander un bref ajournement avant de clore sa preuve. Il s'approcha de la boîte de l'accusé pour s'entretenir à voix basse avec celui-ci.

— Halton, tu n'es pas obligé de le faire, mais aimerais-tu témoigner?

— Pour dire que j'aimerais ça, non, pas particulièrement, répondit l'accusé en ricanant. Enfin, si tu penses que je devrais, je suis prêt.

— Je te demanderais d'abord d'expliquer tes relations avec monsieur Finlayson et tes allées et venues au cours de la journée de l'assassinat, y compris ton vol de billets de banque.

— Il n'y a pas de problème là. Tout le monde est au courant maintenant.

— Oui, sauf qu'après Me Filion va te bombarder de questions et essayer de t'embrouiller.

— S'il essaie de me causer des problèmes, fais comme lui, Léon, crie «Objection!»

— Parfait, mon Halton, je pense que tu vas tenir le coup. Allons-y!

D'un air dégagé, presque folichon, l'accusé prit place dans la boîte. Il répondit lentement, toutefois sans détour, aux questions de Léon. Oui, il avait pris les billets du portefeuille de monsieur Finlayson et les avait cachés dans son matelas. Il regrettait maintenant son geste. L'Américain avait toujours été gentil et généreux à son égard. Sa conscience le troublera toujours à ce sujet. Le jour du meurtre, il avait guidé seul, puisque son frère était descendu au village chercher des mouches à saumon et une lettre recommandée pour monsieur Finlayson. En fin d'après-midi, il avait lui-même ramené ce dernier au camp après avoir capturé un gros saumon. Monsieur Finlayson était ravi de sa tournée de pêche. La dernière fois qu'il a vu l'Américain, ce dernier était sur la galerie à jaser fort avec d'autres pêcheurs. Il a donc filé vers le frigidaire pour y déposer le poisson avant d'entrer au camp des guides. Angus, déjà arrivé, avait remis la lettre recommandée à monsieur Finlayson. Pour sa part, Halton s'attendait à ce que l'Américain le fasse venir pour une dernière causette avant le repas, comme d'habitude, mais il était sans doute occupé avec les autres pêcheurs.

    – Avez-vous tué monsieur Finlayson?

    – Jamais dans cent ans! J'avais trop d'estime pour lui et aucune raison au monde de lui en vouloir. Je regretterai jusqu'à la fin de mes jours de l'avoir volé. C'était un homme admirable.

    Le ton de voix et l'expression sur le visage de l'accusé étaient si sincères que Léon décida de clore son interrogatoire.

    Le procureur de la Couronne était déjà debout, brûlant d'impatience. Il savait qu'il lui fallait miner la crédibilité de l'accusé, sans quoi sa cause était perdue. Il avait deviné également que l'allure dégagée du témoin cachait un tempérament fougueux. Il devait donc mettre le feu aux poudres, faire sortir Halton de ses gonds pour qu'il perde contenance et fasse éclater son mauvais caractère devant le jury.

Dès le départ, Mᵉ Filion plaça l'accusé sur la défensive :

— Monsieur MacTavish, est-ce votre habitude de voler vos meilleurs clients?

— Non, monsieur Finlayson n'était pas mon client, lui répondit Halton sans hésitation. Vous, Mᵉ Filion, est-ce que vous volez toujours les vôtres?

— Monsieur MacTavish, admonesta le juge Mignon en retenant avec peine un petit sourire discret, répondez simplement aux questions que le procureur vous pose.

— Monsieur MacTavish, enchaîna le procureur, vous étiez le guide de monsieur Finlayson, vous lui avez volé cinq cents dollars. Est-ce votre pratique de voler les pêcheurs sportifs qui vous sont confiés?

— Non.

— Pourquoi avez-vous volé votre pêcheur?

— J'ai fait une erreur, je l'ai déjà dit, et je le regrette.

— Avez-vous déjà été trouvé coupable de voie de fait sur une autre personne?

— Non.

— Comment «non»! Je vous exhibe un document de cette cour démontrant votre culpabilité et votre emprisonnement suite à l'agression sur la personne d'un garde-pêche.

— Je n'ai pas été trouvé coupable. J'ai volontairement plaidé coupable.

— Halton MacTavish, vous essayez encore de jouer au plus fin. Vous savez très bien que vous avez fait de la prison pour avoir assailli le garde-pêche Marquis, le père de celui qui vous défend aujourd'hui. N'avez-vous aucune conscience? Allez-vous taper sur votre avocat si vous perdez cette cause?

Léon, voyant que son client perdait rapidement son ingénuité, décida de s'interposer.

– Votre Seigneurie, il devient de plus en plus évident que le procureur de la Couronne harcèle le témoin. M⁰ Filion abuse de son rôle d'officier de la Cour pour provoquer l'accusé. Son contre-interrogatoire dépasse de beaucoup les limites permises. Je fais objection à ce genre de tourments.

– L'objection est maintenue. M⁰ Filion, vous avez le droit de tester la crédibilité du témoin et de le confronter à son casier judiciaire. Cependant, vous n'avez pas le droit de le harceler comme vous venez de le faire par votre dernière insinuation.

– Très bien, Votre Seigneurie, répondit M⁰ Filion. Maintenant, monsieur MacTavish, vous nous dites que vous aviez beaucoup d'estime pour monsieur Finlayson. Alors, pourquoi l'avez-vous traité comme vous l'avez fait?

– Au cas où vous seriez complètement sourd, M⁰ Filion, je vais répéter une troisième fois que je regrette d'avoir pris son argent. J'ai mal agi, je m'en excuse et si monsieur Finlayson était encore de ce monde, j'irais lui demander pardon.

– Si ce n'était pas de vous, il serait encore de ce monde, n'est-ce-pas?

– Qu'est-ce que vous insinuez? demanda Halton dont le visage avait rougi et les nerfs du cou étaient visiblement tendus.

Léon n'en croyait pas ses oreilles. Jusqu'où irait M⁰ Filion pour provoquer l'explosion. S'il voulait démontrer que l'accusé était un homme violent, il approchait du but.

– Ce que je veux insinuer, monsieur MacTavish, lui lança le procureur d'un air sarcastique, c'est que monsieur Finlayson, que vous prétendez estimer, est mort de vos mains et que vous, vous êtes bien vivant et vous vous moquez de lui et de la justice!

Vif comme l'éclair, Halton se dressa dans la boîte des témoins et, avec une énergie déchaînée, décocha un coup de poing à la face détestable qui grimaçait devant lui. Le procureur partit à reculons pour aller s'effondrer aux pieds du capitaine Danton, sous la table de la Couronne. Revolver au poing, Danton bondit devant la boîte des témoins. Angus MacTavish, assis dans la première rangée des spectateurs, enjamba la balustrade et se précipita au secours de son frère. De son côté, Léon avait laissé la table de la défense pour tenter de s'interposer entre Halton et Danton.

Pendant que Danton fulminait et pointait son arme dans la direction de Halton, Angus se lança sur lui et le renversa sur le plancher. C'est à ce moment que son arme fit feu, atteignant Léon en pleine poitrine. Celui-ci porta instinctivement la main sur la blessure déjà sanglante, avant de s'effondrer.

Après quelques secondes de silence et d'effroi, l'assistance se mit à réagir. Un cri d'horreur emplit la salle. Les fonctionnaires de la Cour se précipitèrent à l'aide des deux procureurs inertes. Angus arracha le revolver des mains de Danton, l'enfila dans sa poche et cria à son frère.

– Halton, sauvons-nous!

Les deux frères MacTavish sautèrent par-dessus la balustrade et les chaises, se faufilèrent à travers les spectateurs et se précipitèrent hors du Palais de justice.

Chapitre IV

Le sentier des Indiens

RÉNALDA avait repris son poste d'infirmière à l'Hôtel-Dieu de Beaurivage dès son retour de Washington. Elle se plaisait énormément à ses tâches quotidiennes. Sa plus fière récompense était la guérison de ses malades, même si leur départ de l'hôpital créait dans son cœur un vide momentané.

Elle était en train de changer les pansements d'un patient quand elle fut appelée au téléphone au poste de l'étage. C'était sa mère.

– Ma pauvre Rénalda, j'ai une bien mauvaise nouvelle à t'apprendre. Comme tu sais, je suis retournée au Palais de justice cet après-midi suivre le procès de Halton MacTavish. Il y a eu toute une bousculade et malheureusement Léon a été blessé.

– Léon! Blessé en cour! Qu'est-ce qui est arrivé?

– Il y a eu bagarre entre les MacTavish et la Couronne. Un coup de feu accidentel est parti du revolver du capitaine Danton. La balle a atteint Léon. On le transporte à l'hôpital en ce moment; il doit être à la veille d'arriver. Je cours te rejoindre.

Rénalda se précipita à l'urgence où venait de s'arrêter l'ambulance avec deux patients à bord. Le premier était Me Filion, qui se déplaça de lui-même, escorté par un ambulancier. Le deuxième était Léon, qui gisait sans connaissance sur une civière transportée par deux autres ambulanciers.

Rénalda courut vers la civière et se pencha sur le visage de son époux. Les traits de Léon demeuraient sans réaction. Elle observa une légère respiration sur ses lèvres. En baissant la tête elle aperçut avec stupéfaction une large tache de sang traversant le drap qui recouvrait son corps. Les yeux mouillés de larmes, elle suivit la civière qui fut portée directement à la salle d'opération où les chirurgiens étaient déjà en place.

Pendant ce temps, les frères MacTavish avaient dégringolé les escaliers du Palais de justice, coupé à travers les rues transversales du village et galopé vers la forêt, tels deux orignaux effarouchés. Quelques agents de la police provinciale tentèrent de les pourchasser en voiture. Les agents les perdirent rapidement de vue. Ils revinrent au Palais chercher les instructions de leurs supérieurs, lesquels entouraient le capitaine Danton, tentant de l'aider à se remettre de ses émotions.

Le capitaine n'était blessé que dans son orgueil. Non seulement Angus l'avait rudement cloué au plancher mais, de plus, insulte suprême, il lui avait enlevé son arme et, un comble! devant un auditoire considérable. Cette affaire ne finirait pas là. Le poids de la justice allait se faire sentir. Les deux scélérats paieraient le gros prix.

Après avoir secoué la poussière de son uniforme et rajusté cravate et moustache, le capitaine donna les ordres qui s'imposaient.

– Sergent Pinsonneault, rendez-vous à l'hôpital pour vous assurer que les deux procureurs reçoivent

les soins nécessaires et obtenez leurs dépositions écri-
tes aussitôt qu'ils seront à même de le faire. Caporal
Jolicœur, formez un détachement d'agents pour loca-
liser et appréhender les deux MacTavish : commencez
par les dernières maisons du village, en bordure de la
forêt. S'ils ont pris le bois, il vous faudra vous approvi-
sionner pour continuer la poursuite en forêt. Vous devrez
également mettre des chiens sur la piste. Personnellement, je prépare un rapport pour le bureau-chef à
Québec et je demeure sur les lieux pour m'occuper de
l'affaire.

À ce moment, une voix chevrotante se fit entendre
et tous les yeux se levèrent vers le banc. C'était le juge
Mignon qui venait de réapparaître dans son fauteuil.
Personne ne l'avait vu depuis le coup de feu. Puisqu'il
secouait la poussière de sa toge, il était évident qu'il
s'était réfugié sous le banc.

– À l'ordre, s'il vous plaît. J'invite les deux procureurs à venir discuter de cette affaire à mon cabinet.
La Cour est ajournée.

À part les policiers qui regardaient le juge d'un air
amusé, il n'y avait plus personne en cour. Danton suivit le juge à son cabinet pour lui apprendre le sort des
deux procureurs ainsi que la fuite de l'accusé. L'ajournement pourrait durer un certain temps.

Quand Pinsonneault arriva à l'Hôtel-Dieu, il fit
face à un grand nombre de Beaurivageois inquiets qui
arpentaient les corridors, à l'affût de renseignements
au sujet de Léon. Au poste des infirmières, à l'étage de
la salle d'opération, il retrouva Rénalda, entourée de
sa mère et de plusieurs amis, dont l'Américain Ross
Frankfurter. Le médecin de famille, le docteur Laurent
Lafièvre, un petit homme agité, les tenait au courant
de l'évolution de l'état du blessé.

– En ce moment, le chirurgien-chef, le docteur Albert Samson, opère le patient, secondé par l'unité d'urgence chirurgicale. La balle a traversé le thorax de Léon un peu au-dessus de la cinquième côte, dans la région infra-mammaire et s'est logée près d'une vertèbre. Le patient a perdu une énorme quantité de sang. Par ailleurs, il est doué d'une forte constitution. Ses chances de survie sont bonnes. Nous en saurons plus long dans peu de temps, je l'espère. Rénalda, peut-être vaudrait-il mieux vous en retourner chez vous avec votre mère. Je vais demeurer ici et vous tenir au courant.

– Je vous remercie, docteur, mais je préfère rester sur les lieux. Je suis infirmière et je peux être utile. D'ailleurs, je veux me tenir le plus près possible de Léon au cas où je pourrais le voir. Si on me permet de m'approcher de lui au moment où il reprendra connaissance, ma présence pourrait le rassurer. De toute façon, je suis trop nerveuse pour aller attendre à la maison.

Pour sa part, l'homme d'affaires américain offrait de faire venir par un avion privé le plus grand spécialiste de Washington, un de ses amis. Le docteur Lafièvre le remercia de sa générosité.

– Votre proposition mérite considération, monsieur Frankfurter mais, pour le moment, attendons le rapport de notre chirurgien-chef. Je dois vous dire que le docteur Samson est un jeune chirurgien hors pair et l'Hôtel-Dieu de Beaurivage a de la chance de bénéficier de sa compétence. De plus, notre hôpital est assez bien équipé. Si le docteur Samson se rend compte qu'il a besoin d'aide de l'extérieur, il nous le fera savoir, sans fausse prétention et sans délai.

L'adjoint du procureur de la Couronne, Réjean Beauparlant, était également sur les lieux pour s'enquérir de l'état de son confrère. En réponse aux questions de l'homme d'affaires Jos Gravel, du marchand Bob Farthington et de l'hôtelier Régis Roberval, il tenta d'expliquer ce qui adviendrait du procès.

– Évidemment, l'instruction est suspendue pour le moment, les deux procureurs étant hors d'état et l'accusé en fuite. Je viens de voir Me Filion, il a la mâchoire cassée et on tente de le nourrir à l'aide d'une paille. Il file un très mauvais coton. Sa langue fonctionne au ralenti derrière les dents et ses deux bras gesticulent sans arrêt. Je ne vois pas comment il pourrait plaider avant plusieurs semaines. Quant à notre pauvre Léon, ce sera sûrement une question de plusieurs mois. Je souhaite qu'il retrouve tous ses moyens. De toute façon, le procès ne pourra reprendre en l'absence de l'accusé et cette absence peut être longue. Angus et Halton ne sont pas dépourvus. Ils connaissent la forêt, la rivière et les lacs comme la paume de leurs mains. Ce sont des guides l'été et des coureurs des bois le reste de l'année. Par contre, la plupart des policiers postés à Beaurivage nous arrivent de différents centres urbains du Québec et vont probablement s'égarer en forêt, à moins que leurs chiens ne puissent suivre les pistes des MacTavish. Mais, rusés comme ils sont, les deux guides vont sûrement franchir des ruisseaux pour faire disparaître leurs traces et leurs odeurs.

Effectivement, les fugitifs avaient traversé le village comme deux flèches et pris d'assaut la montagne avoisinante. Rendus au sommet, ils reprirent leur souffle tout en prêtant l'oreille aux bruits du village. Ils entendirent les voix des policiers qui se lançaient des instructions à partir de leurs voitures et les virent s'en retourner bredouilles au Palais. Ils voulurent profiter de cette avance pour prendre le plus de distance possible avant que les limiers se regroupent et repartent à leur poursuite.

— Es-tu encore en bonne forme après ton séjour en prison, demanda Angus à son jeune frère?

— Pas de problème, j'étais bien nourri et j'ai fait des exercices tous les jours.

— Il va nous falloir trouver de la nourriture d'ici demain pour nous rendre à notre camp de chasse en haut de la rivière Nouvelle, à une bonne soixantaine de kilomètres, comme tu sais.

— On peut couper par la montagne des McDavid, répondit Halton. On connaît les fermiers logés en haut. Je suis convaincu qu'ils nous recevront sans nous rapporter à la police.

— Excellente idée, allons-y, c'est à une dizaine de kilomètres à travers bois.

Les deux gaillards partirent au pas de course dans de vieux sentiers abandonnés, sautant par-dessus les arbres morts et contournant les autres obstacles sur leur passage. Ils trouvèrent instinctivement la direction à suivre, le nord-est, vérifiant de temps à autre leurs points cardinaux par rapport au soleil déclinant. À certains moments, le sentier disparaissait complètement. Il leur fallait alors se frayer une route dans la forêt dense, encombrée de branches cassées, franchir à gué des ruisseaux au fond limoneux, escalader des ravins en s'accrochant aux racines des grands arbres.

Le soleil disparaissait à l'horizon quand les deux fugitifs débouchèrent dans une clairière au fond de laquelle ils distinguèrent une ferme et de la fumée qui se dégageait de la cheminée. Un camion vétuste était garé à l'entrée et un troupeau de vaches s'approchait de l'étable située à l'arrière de la maison. Pas de voitures de police en vue. Pas un seul bruit ne troublait le décor bucolique, jusqu'à ce qu'un chien couché sur le perron sente la présence des intrus et se mette à aboyer vigoureusement.

Un vieil homme ouvrit la porte de la demeure. Les MacTavish reconnurent Abraham McDavid, le patriarche de la petite colonie, et se précipitèrent vers lui en lui faisant signe de calmer son cerbère.

– Ta gueule, Rex! cria le vieux.

Rex se tut et les trois hommes entrèrent dans la maison. Abraham McDavid était grand et sec, octogénaire droit comme un piquet, portant une barbe de père Noël brunie autour de la bouche. Sans dire un mot, il fit asseoir ses deux visiteurs autour de la table de la cuisine et se dirigea vers une armoire d'où il sortit une bouteille de scotch et trois verres. Il ouvrit la bouteille et lança le bouchon dans la boîte à bois près du poêle. Il versa trois coups, généreux et purs, puis s'assit devant les MacTavish.

– Que faites-vous ici, les gars? Je vous croyais en cour.

Angus prit une longue lampée, se racla bruyamment la gorge, se pourlécha et expliqua avec force détails le contre-interrogatoire violent de Filion, le coup de poing de Halton, l'intervention de Danton, sa propre bousculade avec ce dernier, le coup de feu attrapé par Léon, leur fuite, la poursuite des policiers et leur course en forêt.

Abraham écoutait attentivement le récit imagé, penchant la tête vers Angus pour mieux capter ses paroles.

Rendu au coup de poing à la face du procureur de la Couronne, il se mit à rigoler et à claquer son verre déjà vide sur la table. À la narration du combat entre Angus et le capitaine Danton, il s'esclaffa de plus belle, se tenant les côtes et poussant des petits cris de joie. Quand il entendit la description de la scène mettant en vedette le capitaine, les épaules clouées au plancher, et le procureur de la Couronne étendu sous la table, la mâchoire cassée, il se leva et se mit à danser dans la cuisine. Puis, quand il apprit que le jeune avocat Marquis était peut-être gravement blessé, il revint prendre sa place, remplit de nouveau les trois verres et se mit à parler sérieusement.

– Vous savez, les jeunes, c'est grave votre affaire. J'ai bien l'impression, d'après ce que vous me dites, que Halton était sur le point de gagner son procès. Maintenant, la situation est bien changée. Vous allez avoir des choses à expliquer. C'est amusant de taper sur un avocat et de bousculer un policier, mais ça n'impressionne pas beaucoup le juge ou le jury et ça peut finir par coûter cher. Ensuite, si ce pauvre Léon est gravement blessé, ou pire encore, vous pouvez être tenus pour responsables. Vous êtes mieux de vous faire rares un bout de temps en attendant l'accalmie. Quant aux policiers et aux chiens, je suis convaincu qu'ils ne pourront pas suivre vos pistes jusqu'ici. La forêt est trop embroussaillée, sans parler des ruisseaux que vous avez dû traverser. Mais ils vont finir par venir écornifler dans notre rang pour tenter de reprendre vos traces. Je vous conseille de coucher ici cette nuit et de repartir tôt demain matin. Je vais vous fournir des provisions et des sacs à dos en cuir solide. Je ne sais pas où vous vous dirigez et je ne veux pas le savoir. Je

présume que vous êtes affamés. J'ai de bonnes tran-
ches de chevreuil que je peux vous faire frire. Après ça,
on ira se coucher.

Abraham faisait figure de prophète dans son coin.
Il demeurait seul depuis le décès de son épouse. Ensemble, ils avaient élevé douze enfants. Deux des gar-
çons étaient morts prisonniers des Japonais à Hong
Kong, au cours de la Deuxième Guerre mondiale. Trois
de ses autres enfants étaient installés au Nouveau-
Brunswick. Les autres et leurs descendants vivaient
encore dans des fermes du rang McDavid. Le patriarche savait que, même si quelques-uns d'entre eux
avaient aperçu les MacTavish, ils viendraient le con-
sulter avant d'alerter la police.

Effectivement, les policiers avaient tenté de suivre
les deux fugitifs en montagne. Peine perdue. Le caporal
Jolicœur, citadin irrécupérable, qui avait rarement marché ailleurs que sur des trottoirs, avait dû rebrousser
chemin après quelques tentatives infructueuses et dou-
loureuses de pénétration forestière. Il était revenu au
poste la figure pleine d'égratignures et l'uniforme en
bien mauvais état.

Quant aux chiens, on leur avait fait sentir quelques
pièces de linge saisies à la demeure des MacTavish
avant de les lancer à leurs trousses. Ils décollèrent,
pleins de bonne volonté, en aboyant joyeusement et en
traînant leurs gardiens en bout de laisse dans le flanc
de la montagne. Leur ardeur était si grande que les
policiers avaient peine à les retenir. Une fois les limiers
arrivés devant les arbres touffus, les broussailles pi-
quantes et les sentiers disparus, l'exaltation canine fai-
blit. Au premier passage à gué, ils se mirent à tourner
en rond et revinrent sur leurs pas. Certains chiens

tentèrent de traverser, mais le caporal Jolicœur ayant déjà abandonné la poursuite, les autres policiers perdirent le peu de zèle qui leur restait. Déconfit, le détachement s'en retourna au poste.

Après son entrevue avec le capitaine Danton, au Palais, le juge Mignon se rendit à l'Hôtel-Dieu. Il trouva M⁰ Filion seul, assis sur le bord de son lit dans une chambre attenante à l'urgence. Il se leva pour saluer Sa Seigneurie et parvint à peine à émettre quelques sons, inintelligibles, que le juge tenta en vain de décoder. Le procureur, encore très excité, pointait les doigts dans toutes les directions et levait les bras vers le ciel. Le juge lui prodigua quelques paroles apaisantes avant de se retirer.

À l'étage supérieur, le magistrat se retrouva au milieu d'un attroupement en pleine ébullition. Le tout Beaurivage faisait les cent pas dans le couloir menant à la salle d'opération. Il s'approcha de Rénalda, entourée de sa mère et de ses beaux-parents, et tenta d'atténuer leur inquiétude par des propos bienveillants. Tous attendaient encore les résultats de l'opération. Finalement, une infirmière ouvrit la porte de la salle, suivie du docteur Samson.

Étonné de voir un si grand nombre de personnes et visiblement fatigué après plus de deux heures de chirurgie, le médecin s'approcha de Rénalda et éleva la voix pour être compris de tous.

– Nous venons de terminer la première phase d'une opération très délicate. Comme vous le savez, le patient a été frappé d'une balle à la poitrine. Heureusement, la balle a évité de justesse l'artère pulmonaire principale pour aller se loger contre une vertèbre. Aucune des parties du cœur n'a été endommagée. Nous craignions des répercussions à la colonne vertébrale puisque le projectile s'est réfugié entre deux vertèbres dorsales et que la moelle épinière aurait pu être coupée, ce qui aurait causé la paralysie. Nous avons constaté que tel n'est pas le cas. Nous avons réussi à extraire la balle et à réparer les dommages aux muscles, cartilages et disques affectés. Nous pouvons vous assurer que tout danger vital est maintenant écarté. Évidemment, le patient a perdu beaucoup de sang puisque l'hémorragie a été très difficile à enrayer. Pour le moment, il dort et son souffle est régulier. Nous espérons qu'il se réveillera dans quelques heures avec toutes ses facultés.

Le chirurgien serra Rénalda dans ses bras. Elle était son infirmière préférée. Il lui souffla à l'oreille des mots rassurants et s'en retourna dans la salle d'opération.

Ross Frankfurter, qui n'avait absolument rien compris des explications du médecin, s'approcha de Rénalda pour connaître sa réaction.

– Je crois que le pire est passé, monsieur Frankfurter, lui dit-elle. Il n'y aura pas de conséquences graves. Avant de me retirer chez moi, je veux encore vous remercier d'être venu. Votre présence a été précieuse pour nous tous.

– Allez vous reposer, Rénalda, lui répondit l'Américain. S'il vous plaît, tenez-moi au courant.

Le lendemain à l'aube, Léon se réveilla, tout surpris de se retrouver dans un lit d'hôpital. Il sentait des douleurs dans tout le corps, plus particulièrement dans la région dorsale. De peine et de misère il baissa le drap qui le recouvrait et vit l'immense pansement qui lui entourait le haut de la poitrine. Dans son esprit, il revit les dernières péripéties du procès : Halton hors de ses gonds frappant Filion à la mâchoire, Danton

avançant vers Halton, revolver au poing, la noirceur...
Il tourna la tête et vit une sonnerie sur la table de
chevet. Il pressa sur le bouton. Une infirmière apparut
immédiatement.

    — Mon Dieu! monsieur Marquis, vous êtes réveillé.
Je viens à peine de quitter votre chambre. Vous ron-
fliez. Comment vous sentez-vous?

    — Je parle, je vois, je bouge, je ronfle, donc je suis
vivant!

    — De grâce, ne bougez plus! J'avise le médecin de
service.

    Un jeune médecin arriva sur-le-champ, prit la pres-
sion du malade, sa température, lui fit bouger les doigts,
les bras, les orteils, les jambes, et lui examina les yeux
attentivement. Le patient lui parut en bon état. Suivant ses instructions, il alerta immédiatement le chirurgien Samson qui dormait paisiblement chez lui.

    Ce dernier ne tarda pas à accourir. À son tour, il
examina le patient avec minutie.

    — Mon cher Léon, tu l'as échappé belle! Un pouce à
gauche et la balle t'attrapait en plein cœur. Un demi-
pouce plus bas et ton cordon vertébral était tranché. Je
vois que l'opération a très bien réussi. La balle a été
extraite. Aucun organe vital touché. Beau chanceux! Il
va te falloir maintenant beaucoup de repos pour reprendre tes forces. Disons une semaine à l'hôpital, puis tu
rentres chez toi en longue convalescence. Avec Rénalda
autour, je présume que ce ne sera pas un trop grand
supplice. À propos, je l'appelle immédiatement. Tu lui
parles une minute au maximum, puis tu nous fais un
autre beau dodo.

    Au même moment, les deux MacTavish partaient
de chez McDavid, le ventre plein et le sac bien garni à
l'épaule. Ils piquèrent directement vers le nord, encore

à travers la forêt dense et les broussailles, pour rejoindre le sentier des Indiens qui les conduirait jusqu'à la tête de la rivière Nouvelle. D'usage immémorial, cette piste servait aux Micmacs de la région de Restigouche. Ceux-ci l'empruntaient pour la chasse et la pêche. Ce n'était pas, bien sûr, une route carrossable. Elle était à peine déblayée suffisamment pour permettre le passage des coureurs des bois. Les autochtones ne voulaient pas que les Blancs découvrent leur sentier et envahissent leur territoire de chasse.

Mais, au fil des ans, les Indiens s'étaient habitués à y voir passer les MacTavish, à partir du grand-père Cecil, maintenant décédé, qui avait construit son camp de trappeur à l'extérieur du territoire réclamé par les Micmacs. Cecil aimait fraterniser avec eux. Quand il se rendait à la réserve, il prenait toujours la précaution d'apporter avec lui une cruche de whisky blanc, ce qui facilitait grandement son arrivée et ouvrait bien des portes, y compris le droit de passage sur le sentier des Indiens.

Après deux heures de cheminement ardu dans les broussailles, parmi les maringouins, les MacTavish finirent par atteindre le sentier recherché. Heureux comme larrons en foire, ils s'engagèrent à grandes enjambées sur la piste. Il leur restait trente kilomètres à franchir et ils voulaient arriver au camp avant la noirceur.

Vers midi, ils étaient parvenus à la hauteur de la réserve. Une flèche plantée en profondeur dans un arbre indiquait l'entrée dans le territoire de chasse des aborigènes. Soudain, à un détour du sentier, ils tombèrent sur un petit ourson qui semblait s'être éloigné de sa mère. Les deux hommes savaient par expérience qu'ils se trouvaient dans une situation très dangereuse.

Ordinairement, un ours n'attaque pas un être humain. Effectivement, un coureur des bois peut marcher une journée complète sans voir un seul ours, alors que plusieurs ours peuvent le voir passer. Par contre, si le mammifère omnivore se voit surpris et se sent menacé, il peut ou déguerpir ou attaquer. Une ourse qui croit son ourson en danger foncera sans hésitation. Nos deux fugitifs le savaient bien et c'est ce qu'ils appréhendaient le plus. Instinctivement, ils se replièrent à petits pas tout en fouillant des yeux les buissons environnants.

Par malheur, le petit ourson avançait vers eux à mesure qu'ils reculaient. Tout à coup, les MacTavish entendirent un bruit insolite dans les broussailles, à quelque cent pas devant eux, et virent avec effroi un ours immense déboucher dans le sentier. Le vent leur venait de dos, de sorte que l'animal sentit leur présence avant même de les voir près de son ourson.

Angus avait placé le revolver de Danton dans son sac à dos. Il essaya de l'atteindre sans gestes brusques, de peur d'exciter le gros animal. Il se rendit compte qu'il lui faudrait dégager le sac de ses épaules, ce qu'il tenta de faire le plus délicatement possible. Halton lui fit signe de ne plus bouger pendant que lui-même se plaçait derrière son frère pour libérer la courroie de cuir de sa boucle.

L'ours avançait lentement tout en observant les manèges des deux hommes près de son ourson. Subitement, l'énorme animal se leva sur ses pattes arrière, poussa un puissant grognement, redescendit et se lança à toute allure vers les deux hommes. Ces derniers, glacés de terreur, oublièrent l'arme de Danton et sautèrent de côté dans les buissons.

Au moment où l'animal se dressait une deuxième fois pour fondre sur eux, ils entendirent un coup de feu venant de l'arrière et virent l'ourse s'écrouler à leurs pieds dans le sentier. Reprenant leur souffle, ils se retournèrent et aperçurent un jeune Indien marchant vers eux, une puissante carabine M-16 américaine à la main. Ils reconnurent Placide Héron, le fils du chef de bande.

Chapitre V

Le capitaine Danton fait du portage

L E capitaine Roch Danton était d'une humeur massacrante. Son prisonnier s'était échappé du Palais de justice à la face même d'une bonne douzaine de policiers; le procureur de la Couronne languissait à l'hôpital, la mâchoire cassée, et lui-même s'était fait coller les épaules au plancher devant tous ses hommes et aux yeux du public. De plus, il avait commis l'erreur de braquer son revolver, doigt sur la gâchette et, à la suite de son imprudence, le procureur de la défense, un jeune homme très estimé, maire du village par surcroît, était maintenant à l'article de la mort. Le caporal Jolicœur et ses hommes avaient effectué une chasse à l'homme avortée, et tous les Beaurivageois sympathisaient maintenant avec le procureur de la défense et faisaient des gorges chaudes de la déconfiture de la police.

Danton, homme dominateur et prétentieux, ne dételait pas facilement. Assis à son pupitre au poste de police, il se mit à réfléchir. Après tout, il tenait encore de bons atouts. La loi et la force policière finissent toujours par s'affirmer. Si les procédures judiciaires sont suspendues, c'est tout de même l'accusé fugitif qui en portera la responsabilité. Pour reprendre le contrôle de la situation, il faut d'abord le retrouver et le ramener devant le tribunal; c'est donc le premier impératif.

Inutile de poursuivre les MacTavish en forêt. D'une part, ils s'y promènent comme sur la route nationale; d'autre part, les policiers battent en retraite dès le premier buisson. La vraie solution n'est pas de les pourchasser, mais bien d'identifier leur destination. Ces deux brigands ne couchent tout de même pas à la belle étoile. Ils ont sûrement un abri quelque part. Ils s'y sont peut-être déjà confortablement installés, cigarette aux lèvres et les deux pieds accotés sur le bord de la galerie!

Le capitaine continuait à réfléchir. Quelqu'un dans ce misérable petit village de crétins doit savoir où les deux MacTavish sont camouflés. Bien sûr, personne ne viendra me renseigner simplement pour mes beaux yeux. Par contre, quelqu'un peut se confier discrètement, s'il y va de ses propres intérêts. Peut-être y a-t-il quelque Beaurivageois emprisonné qui bavarderait un petit peu si sa peine était réduite. Allons aux renseignements.

Après avoir interrogé les gendarmes locaux et examiné les registres des pénitenciers, Danton jeta son dévolu sur Ludger Legros, ancien guide de la Restigouche purgeant une double peine au pénitencier de Montcerf pour voie de fait contre un garde-pêche et inceste avec sa propre fille. Le garde-pêche en question était nul autre que le père de l'avocat Marquis et, de plus, c'est ce dernier qui l'avait fait mettre en prison pour l'autre délit. Décidément, ce genre de coquin doit avoir le goût de chanter et de prendre une petite revanche. Sans oublier qu'il doit savoir où se cachent ses deux anciens copains.

Danton se rendit directement au pénitencier de Montcerf, situé dans les montagnes à quelque cinquante kilomètres de Beaurivage, et rencontra Legros dans un petit parloir en zone de sécurité. Le prisonnier était un paysan trapu au regard tors. Danton se présenta et aborda le but de sa visite avec de minutieuses précautions : il ne fallait surtout pas que cette misérable canaille prenne le mors aux dents.

– Vous êtes bien traité ici, monsieur Legros?

– Pas diable. C'est drôle, mais je me sens prisonnier.

– Bien sûr, il vous manque le grand air, la rivière, vos copains...

– C'est exact.

– Il vous reste combien d'années à purger.

– Huit ans, six mois et douze jours.

– Vous devez connaître les deux frères MacTavish?

– Vous savez très bien que j'étais guide avec eux sur la Restigouche. Quand je vous ai vu arriver, j'ai deviné le but de votre petite visite. On a la télévision ici et bien du temps pour écouter les nouvelles.

– Alors, poursuivit le policier, vous êtes au courant de leur fuite en forêt. Il est très important pour l'administration de la justice de les retrouver. Ceux qui collaborent avec la Couronne sont d'un secours précieux et méritent considération.

– Quel genre de considération?

– Une considération proportionnelle aux services rendus.

– Pardon? Je ne comprends pas le grec.

– Voici. Si vous nous aidez à découvrir l'endroit où les MacTavish se cachent, nous pouvons tenter de réduire votre peine pour bonne conduite. Après tout, aider la police à retracer des criminels, c'est un indice de bonne conduite.

– Votre vocabulaire est excellent, mais j'aimerais un petit peu plus de précision.

– Il est difficile pour moi d'être très précis. Ce que nous pouvons faire, c'est déposer une recommandation favorable auprès de la Commission des libérations conditionnelles.

– Ça veut dire quoi, ça?

Danton commençait à s'impatienter. La tentation était forte d'envoyer promener ce grossier personnage. Tout de même, cet impudent détenait peut-être la clef du problème. Il fallait donc s'armer de patience.

– Ça veut dire que si, grâce à vos renseignements, nous découvrons la cachette des MacTavish, je m'engage personnellement à faire réduire votre peine.

– Réduire de combien d'années? Quelques chiffres, si vous voulez bien.

– Je recommanderai une réduction de trois ans.

– Mettez-moi ça par écrit, insista le prisonnier.

– Donnez votre renseignement d'abord et, une fois notre mission accomplie, je viendrai personnellement vous montrer ma lettre adressée à la Commission.

– Parfait, je n'ai rien à perdre. À part ça, c'est votre balle qui a frappé ce jeune escogriffe de Marquis. J'ai apprécié ça! Je vais vous aider. Les deux MacTavish sont probablement rendus au camp de trappeur de feu leur grand-père Cecil à la tête de la rivière Nouvelle. Vous pouvez vous y rendre en canot, mais la rivière est basse et étroite à ce temps-ci de l'année. Il y a plusieurs portages.

– Merci, Ludger, dit Danton, sourire aux lèvres, en serrant la main du prisonnier avant de se retirer.

Ce même soir, la partie hebdomadaire traditionnelle de poker battait son plein dans le grand hall de l'hôtel Champlain. Le propriétaire de l'établissement, Régis Roberval, recevait ses habitués du samedi, le docteur Laurent Lafièvre, l'entrepreneur Jos Gravel, le marchand Bob Farthington et l'homme à tout faire de l'hôtel, Flo Tremblay. Entre les mains de cartes, les joueurs bavardaient.

– Vous serez heureux d'apprendre que le jeune Marquis récupère splendidement, leur apprit le docteur Lafièvre. Ce garçon doit avoir des réserves d'énergie formidables.

– Tant mieux, s'exclama l'hôtelier. Léon est mon avocat, mon ami, et notre maire. Nous avons tous besoin de lui. Surtout les deux MacTavish.

– Bien sûr, ajouta Farthington, avec Danton et Filion à leurs trousses, ils ne sont pas sortis du bois, n'est-ce pas!

– J'ai su que les policiers ont renoncé à les pourchasser en forêt, affirma Gravel, le constructeur de route. Ils ne sont pas habitués à notre broussaille. Malheureusement pour eux, je n'ai jamais pu décrocher de contrat pour paver les sentiers en forêt!

– Parlant de sentiers, déclara Flo, lui-même coureur des bois à ses heures, j'ai bien l'impression que nos deux compères ont dû couper à travers la forêt pour rejoindre le sentier des Indiens. Une fois sur cette piste, un Indien peut aller quasiment jusqu'à Gaspé mais, pour un Blanc, le sentier, très difficile à trouver, l'est encore plus à suivre. Quant aux MacTavish, ils frayent avec les Indiens depuis toujours; le sentier des Indiens, c'est presque leur route familiale. Ils l'empruntent souvent pour se rendre à leur camp dans le haut de la rivière Nouvelle quand l'eau n'est pas assez haute pour monter en canot.

La sonnerie du téléphone se fit entendre au comptoir et le commis Roméo Latendresse vint chercher son patron à la table de jeu.

— C'est pour vous, monsieur Roberval; Albini Arseneau, de Nouvelle, veut vous parler.

En allant à l'appareil, l'hôtelier fit l'association entre les remarques de Flo et l'appel en provenance de Nouvelle. Albini était pourvoyeur au service des pêcheurs et des chasseurs de la région.

— Salut, Régis, ça marche? Je m'excuse d'interrompre ta petite partie du samedi soir. J'ai pensé que tu serais intéressé d'apprendre que le capitaine Danton de la police provinciale vient de réserver trois canots et trois guides avec des provisions d'une semaine pour six hommes. Ils veulent monter chasser dans le haut de la Nouvelle. C'est très curieux, la saison de la chasse n'est pas encore ouverte! Ils s'embarquent lundi matin. Tu salueras Léon de ma part.

Régis ruminait déjà des plans de contre-attaque. Non, il ne fallait pas embêter Léon avec cette histoire-là et risquer de retarder sa guérison. Il allait lui-même damer le pion à ce cher Danton. Pour le moment, ne soufflons mot à personne.

Après la partie de poker, l'hôtelier amena Flo dans son bureau.

— Flo, mon vieux, prépare-toi à la grande aventure. Demain matin, à la pointe du jour, nous montons au lac Huard. Va placer le canot dans le camion, fais le plein d'essence, embarque des provisions pour une semaine.

— Patron, avez-vous perdu les pédales, la saison de la chasse n'est pas encore ouverte!

— Je sens un besoin pressant de grand air. J'ai un goût soudain de contempler les couleurs spectaculaires de l'automne en forêt.

– Comme ça, on apporte des caméras et pas de carabines?

– Tu poses trop de questions. Grouille un peu!

Flo faisait son drôle. Il avait déjà tout deviné. Chaque automne, il partait avec son patron, en tournée de chasse au lac Huard, dont l'émissaire se verse dans le Minor, embranchement de la rivière Cascapédia. Si cette dernière, grande rivière à saumon, se jette dans la Baie des Chaleurs à une bonne cinquantaine de kilomètres à l'est de l'embouchure de la Nouvelle, à leur origine, au centre de la Gaspésie, ces deux cours d'eau sont très proches l'un de l'autre. De plus, la Cascapédia roule un volume d'eau beaucoup plus considérable que la Nouvelle.

Flo savait que son patron irait se jeter au feu pour rendre service à Léon, tandis qu'il ne lèverait pas le petit doigt pour venir en aide à Danton. Sans compter que les MacTavish étaient des Beaurivageois et, de surcroît, deux des meilleurs clients du bar de l'hôtel.

Flo trépignait d'impatience quand vint le lever du soleil. Le camion suivit la Baie des Chaleurs sur une centaine de kilomètres et tourna vers l'intérieur en longeant la rivière Cascapédia jusqu'à l'embouchure du ruisseau Lazy Bogan, où les deux hommes déposèrent leur embarcation sur la rivière. Régis, assis à l'arrière du canot, une main sur le bras du moteur, conduisait. Debout à la proue, une longue perche à la main, Flo surveillait les rochers et autres écueils à éviter. Le courant était très fort, le canot avançait lentement. Par ailleurs, l'eau était suffisamment haute pour permettre d'éviter l'échouement.

Au bout de trois heures, Roberval et Flo arrivèrent à la décharge du Minor. Pour rejoindre le lac Huard, il fallait bifurquer vers la droite et remonter cette rivière. Flo tourna la tête pour recevoir les instructions.

– On continue sur la Grande Cascapédia, lui cria Roberval.

C'était la réponse à laquelle le petit homme de proue s'attendait. Sourire épanoui sous la moustache, il reprit son poste de guet. En fin de journée, ils laissèrent la grande rivière pour emprunter un modeste embranchement en provenance de l'ouest, la Petite Nouvelle.

C'est là que commencèrent les difficultés. Le volume d'eau était très faible, le courant difficile à suivre, le fond de la rivière encombré d'énormes roches et d'arbres morts. Roberval leva le moteur et les deux hommes se mirent à la perche. À la tombée du jour, fourbus, ils accostèrent, dressèrent une tente, débarquèrent les provisions, allumèrent un feu pour préparer le thé et réchauffer leurs fèves au lard, et ils ne tardèrent pas à s'assoupir.

À son réveil le lendemain, l'hôtelier renifla un arôme délicieux en provenance de l'extérieur de la tente. Flo faisait frire une truite qu'il venait de pêcher. Le café chantait dans la cafetière suspendue au-dessus du feu. Après leur succulent petit déjeuner, les deux hommes s'attelèrent à la tâche : monter leur embarcation vers sa destination. À mesure qu'ils avançaient, le lit du cours d'eau se rétrécissait, de sorte que l'eau devenait plus profonde, ce qui facilitait la tâche. Vers midi, ils atteignirent la rivière Nouvelle, laquelle, à cette hauteur, était à peine plus large que sa petite tributaire. C'était précisément à cet endroit, à la fourche des deux rivières, que se logeait le camp MacTavish, selon les renseignements obtenus par Flo.

Les deux hommes tiraient leur canot sur la rive lorsqu'ils virent un jeune Indien s'avancer vers eux sur la grève. Ils reconnurent immédiatement Placide Héron qu'ils voyaient de temps à autre au bar de l'hôtel Champlain.

– Salut, mon Placide, lui cria l'hôtelier. On fait une petite marche de santé?

– Bonjour, monsieur Roberval, salut, Flo! Vous êtes-vous écartés? La dernière fois que j'ai regardé sur la carte, le lac Huard était en haut de la Cascapédia, pas en haut de la Nouvelle!

– On est venu visiter tes bons amis les MacTavish. Apparemment qu'ils ont pignon sur rue dans le coin?

– Je sais qu'ils sont de vos bons clients, monsieur Roberval, mais que vous veniez livrer la bière vous-même jusqu'ici, ça, c'est du vrai service!

– Tout ce que nous servons aujourd'hui, c'est du thé et du café, gracieuseté du grand chef Tremblay. Mais nous avons des renseignements précieux à partager avec ceux qui veulent bien nous entendre.

– J'ai deux grandes oreilles.

– Je préférerais en voir quatre autres, ajouta Roberval en souriant. Je vocalise mieux devant un auditoire varié.

Placide, maintenant convaincu qu'il avait affaire à des alliés, se planta deux doigts dans la bouche et émit le sifflement perçant d'un merle. Deux grands gaillards bondirent hors des buissons : les MacTavish s'approchèrent en souriant de leurs visiteurs.

– Bonjour le monde de l'hôtel Champlain, entonna Angus, cherchez-vous de la viande ou du poisson?

– Nous cherchons deux gibiers de potence, répondit Roberval, et nous venons de les trouver!

Les cinq hommes montèrent au camp MacTavish, niché sur un promontoire en bordure du rivage. C'était un petit chalet en bois rond entouré d'une galerie, avec coup d'œil circulaire sur les deux cours d'eau et sur la forêt environnante. La bouilloire ronronnait sur le poêle. Angus fit asseoir les hommes à table pendant que Halton leur versait du thé et plaçait devant eux un plat de biscuits de marin.

Roberval expliqua le but de sa visite sans révéler sa source d'information. Tous tombèrent rapidement d'accord que mieux valait déguerpir plutôt que de confronter le contingent de policiers. Même si la carabine M-16 de Placide pouvait faire des dégâts et probablement décimer l'adversaire, il n'était pas question de tuer des êtres humains. Aucun n'en avait le goût ni l'intention. Les trois canots de la police avançant probablement déjà sur la Nouvelle, il était plus prudent de décamper dès que possible.

Les MacTavish acceptèrent avec reconnaissance l'invitation de Roberval d'aller s'installer au lac Huard. L'hôtelier leur indiqua la cache du trousseau de clefs des camps, entre le toit et le dernier billot en haut de la porte de la cuisine. Il y avait des provisions dans le hangar, de la truite dans le lac, des lièvres, des perdrix, des orignaux et des chevreuils plein la forêt.

Avant de partir, les MacTavish décidèrent de jouer un bon tour à Danton. Pendant qu'ils préparaient leur coup, les trois autres hommes portèrent bagages et provisions dans le canot des deux frères, ancré près de la rive.

Pour sa part, Placide décida de s'en retourner chez lui par le sentier des Indiens. Il s'était bien amusé en accompagnant ses deux copains; cependant, il ne voulait pas que ses parents s'inquiètent de lui dans la réserve.

Les deux canots descendirent la Petite Nouvelle puis se séparèrent, les MacTavish se rendant au lac Huard, l'hôtelier et Flo s'en retournant à Beaurivage.

Pendant ce temps, Danton et ses policiers, accompagnés de trois guides, grimpaient la Nouvelle. Au début, tout alla bien; l'eau était calme et profonde, les trois canots, munis de puissants moteurs et conduits par des hommes d'expérience, filaient bon train. Danton, assis confortablement à l'avant du premier, fumait un cigare de la Havane et souriait aux oiseaux.

Les petits bonheurs des policiers sont parfois éphémères. Après deux heures de parcours, la flottille s'arrêta au pied d'un rapide. Les guides annoncèrent aux passagers qu'il fallait débarquer pour un portage, l'eau n'étant pas assez profonde. Guides et policiers devaient se partager la tâche du portage des canots et des provisions dans un sentier de montagne à peine déblayé.

Les guides, habitués à ce genre d'exercice, s'exécutèrent efficacement. Les gendarmes, à contrecœur, suivirent les instructions des premiers. Quant au capitaine, sa sérénité venait de s'envoler. Sa première réaction fut de tenter de donner des ordres. La cruelle réalité lui enseigna rapidement que, pour le moment, il ne savait pas de quoi il parlait et que personne ne l'écoutait. Il s'empara donc du plus léger des sacs à dos et prit la suite des porteurs de canots.

Au sortir du sentier, on se rendit compte que l'eau était encore plus basse que prévu, les pluies d'automne n'étant pas encore arrivées. Les portages devinrent de plus en plus fréquents. En fin de journée, les canots s'arrêtèrent devant un camp de ravitaillement du pourvoyeur Arseneau pour souper et passer la nuit. La dernière bouchée prise, les policiers, épuisés, s'effondrèrent sur leurs matelas.

Le lendemain, la flottille reprit son parcours. Les guides décidèrent de laisser les moteurs au camp pour réduire le poids des canots sur l'eau et en portage. Les embarcations, mues à la force des bras au moyen de perches, avançaient plus lentement que la veille. Les portages étaient encore plus longs, plus éreintants, et les gendarmes exténués. Le capitaine Danton, les orteils tordus dans ses bottines, ne parlait plus et avait peine à marcher. Enfin, les guides accostèrent. Ils secouèrent Danton, qui somnolait à la proue, pour lui montrer du doigt la cabane des MacTavish, dressée sur son promontoire, au confluent des deux rivières.

Le capitaine se passa de l'eau sur le visage pour se réveiller et mieux analyser la situation. Maintenant que la destination était atteinte, il ne savait plus comment procéder. Il se mit à bégayer à voix basse, fit signe aux autres de cesser tout bruit, demanda ses jumelles et examina le camp de loin. Tout semblait calme et tranquille sur le promontoire, et aucune fumée ne s'échappait de la cheminée.

Soudain, il crut identifier un homme assis sur la galerie, face à la rivière. C'était sûrement un des MacTavish. Il reconnaissait maintenant la chemise rouge à carreaux d'Angus et son vieux chapeau de feutre garni de mouches à saumon.

Galvanisé par l'approche de la réussite, Danton retrouva tous ses moyens. Il imposa le silence le plus complet à ses hommes, les fit débarquer sans bruit sur la rive et leur donna ses instructions. Ses cinq policiers devaient grimper dans la forêt, cerner discrètement le camp et attendre les ordres que lui-même leur transmettrait par porte-voix cinq minutes plus tard.

Danton sortit l'appareil de son sac, vérifia son ajustement, avança lentement sur la grève en direction du camp, puis reprit ses jumelles. Rien ne bougeait, à part un de ses gendarmes gauchement à découvert derrière la cabine. Il porta le mégaphone à ses lèvres.

– Ici le capitaine Danton. Je m'adresse à vous, les deux MacTavish. Angus, je te vois sur la galerie. Vous êtes cernés. Mes policiers entourent votre camp. Rendez-vous, ou nous commençons à tirer.

Le volume du son étant élevé à son maximum, la voix du capitaine retentit comme un éclat de tonnerre faisant écho d'une montagne à l'autre. Aucune réaction autour du camp, excepté le bruissement des policiers qui marchaient lourdement à travers les broussailles. Le capitaine reprit son appareil.

– Angus, je te vois sur la galerie. Lève les mains et descends sur la grève ou je te crible de balles.

Toujours le même silence dans le camp et sur la galerie. Danton, furieux d'une telle insolence de la part des deux fugitifs, s'en retourna au canot, s'empara de sa carabine, l'épaula et fit feu. Le personnage installé sur la galerie bascula en bas de sa chaise. Danton reprit son porte-voix.

– Allez-y les gars. Envahissez le camp. Je demeure au poste sur la grève pour prévenir la fuite possible de l'autre fugitif.

Les policiers défoncèrent la porte arrière du camp avec la crosse d'une carabine et firent irruption à l'intérieur où ils ne trouvèrent personne. Devant, sur la galerie, ils virent un mannequin de paille et de feuilles mortes habillé de blue jeans, d'une chemise à carreaux et d'un vieux chapeau de feutre, étendu sur le plancher. Il y avait un trou de balle à travers le chapeau et une note épinglée à la chemise. Ils présentèrent la note au capitaine qui arrivait, hors d'haleine. La note était ainsi libellée :

Salut, Danton!

Nous avons décidé de déménager nos pénates dans le Grand Nord. Il y a plus de maringouins mais moins de policiers. Viens nous visiter.

Tes amis, Angus et Halton.

Fou de rage, Danton ordonna à ses policiers de mettre le feu au camp. Les trois guides, demeurés sur la grève, n'en croyaient pas leurs yeux quand ils virent les flammes envelopper le petit bâtiment. Pour eux, incendier volontairement un camp en forêt constitue la violation la plus odieuse du code immémorial des chasseurs, pêcheurs, bûcherons ou autres coureurs des bois. C'est un acte qui met en péril la forêt et la sécurité de ceux qui l'habitent, et prive les passants d'un abri précieux en cas d'urgence.

Sans hésiter un instant, le chef des trois guides, Rémi Arseneau, fils du pourvoyeur, prit le mégaphone que Danton avait déposé dans le canot et cria le message suivant à plein volume :

– Capitaine Danton, pendant que vous allez éteindre votre feu, nous ramenons les trois canots au village. Descendez à pied avec vos provisions. La marche vous fera du bien!

Chapitre VI

L'affaire MacTavish prend
une nouvelle tournure

Léon, en pyjama et robe de chambre, reposait dans une chaise longue sur la véranda de sa demeure. Il lisait un quotidien de Montréal, tout en contemplant les rayons de soleil qui dansaient sur les vaguelettes de la rivière. Rénalda faisait le ménage du matin. Elle avait pris un mois de congé de l'Hôtel-Dieu pour se consacrer entièrement aux soins de son malade.

Léon avait devancé les prédictions médicales. Il était déjà presque prêt à retourner au travail. Il faut dire qu'il était doué d'une forte constitution et que les dorlotements de son épouse avaient produit des résultats surprenants. Le carillon se mit à tinter et Rénalda alla ouvrir la porte à un visiteur dont la carrure remplissait toute l'ouverture. C'était Régis Roberval.

— Bonjour ma belle! Tu es resplendissante ce matin! Est-ce que ton procureur bien-aimé et bien chanceux se sent assez vigoureux pour recevoir un gros personnage?

— Léon est en excellente forme. Il va être heureux de vous voir. Il commence à trouver le temps long. Venez vous asseoir avec lui sur la galerie.

— Salut, mon Léon! Tu as l'air d'un touriste en vacances. J'ai bien des choses intéressantes à te conter.

— Installe-toi confortablement, Régis. Dis-moi ce qui se passe. J'ai soif de nouvelles.

— Commençons là où tu nous as laissés. Pendant que tu étais à l'hôpital, les médecins ont réussi à débarrer la gueule de Filion. Il s'est mis à parler sans arrêt jusqu'à ce qu'on l'embarque à bord de l'Océan Limité pour le retourner à Montréal. Quant au capitaine Danton, après qu'Angus l'eut collé au plancher, il s'est relevé furieux et a commencé à faire des gaffes. D'abord, ses policiers ont laissé les deux MacTavish s'échapper du Palais de justice sans lever le petit doigt.

— Oui, interrompit Léon, j'ai su qu'ils ont pris le bois tous les deux, les policiers à leurs trousses.

— La plupart de ces gars-là sont des citadins. Ils se sont écartés en forêt et sont revenus bredouilles avec leurs chiens.

— Magnifique! s'esclaffa Léon.

— Danton ne s'est pas compté pour battu. Il a réussi à découvrir la cachette des MacTavish. C'est probablement Ludger Legros qui lui a fourni le renseignement, parce que Danton est allé lui-même lui rendre visite au pénitencier. Danton n'irait pas voir sa propre mère s'il n'avait pas quelque faveur à obtenir d'elle. Toujours est-il qu'ils sont partis en canot sur la Nouvelle, une demi-douzaine de policiers, Danton en tête, avec des guides. Ils ont atteint, à grand peine, l'embranchement de la Petite Nouvelle où est logé le camp des MacTavish. Nos deux copains étaient déjà partis vers une autre destination. Avant de déguerpir, les Mac-Tavish ont installé une sorte de mannequin, habillé du vieux linge d'Angus, sur la galerie.

— Ces deux là peuvent donc être folichons!

— Quand Danton a aperçu le mannequin à l'aide de ses jumelles, il s'est emparé d'un porte-voix pour sommer les MacTavish de se rendre. Rien n'a bougé, bien sûr. Alors Danton a épaulé sa carabine et a fait sauter la tête du mannequin. Quand les policiers sont entrés dans le camp, il n'y avait personne, sauf un homme de paille décapité, étendu sur le plancher!

    – Superbe!

    – Danton aurait fait une crise de rage. Pour se venger, il a ordonné à ses hommes de mettre le feu au camp des MacTavish.

    – Ça ne se peut pas! Quel écœurant!

    – Ce n'est pas tout. Notre cher Danton a payé cher sa bavure. Écoute-moi bien. Quand les guides ont vu le camp en flammes, Rémi Arseneau, le fils d'Albini, le pourvoyeur, s'est emparé du porte-voix et a crié à tue-tête à Danton que les guides partaient avec les trois canots et que lui et ses policiers descendraient à pied avec leurs provisions!

    – Fantastique!

    – J'ai su que Danton et ses hommes sont arrivés en bien mauvais état au camp de ravitaillement d'Albini, une vingtaine de kilomètres en aval. Danton avait tellement d'ampoules aux pieds qu'il ne pouvait plus chausser ses bottines. Un hélicoptère de la police provinciale est venu prendre le groupe. Le capitaine est descendu à Québec pour se faire soigner les pattes et, je présume, déposer son rapport.

    – Je donnerais cher pour lire ce document, rétorqua Léon. Qu'est-il advenu des deux MacTavish?

    – Ils sont en lieu sûr.

    – Comment ont-ils su que la police montait les capturer dans le haut de la rivière Nouvelle?

    – C'est un secret des dieux, répondit Roberval.

    – Je pense que c'est plutôt un secret de l'hôtelier. Est-ce que les dieux peuvent les rejoindre en temps utile?

— Oui, en passant une petite annonce au poste de radio de New Carlisle à l'heure du midi. Les deux Mac-Tavish sont friands de musique classique. Ils ne peuvent pas s'en passer en mangeant leurs truites.

— C'est possible que l'on doive troubler leur repas plus rapidement que prévu, ajouta Léon. À la suite de ton histoire, des plus intéressantes je dois l'admettre, je viens de mijoter une solution à nos problèmes.

— Est-ce que c'est dans le secret des dieux?

— Non, c'est dans le secret d'un avocat qui vient de terminer sa convalescence, lui annonça Léon.

Après le départ de l'hôtelier, Léon se rendit à sa bibliothèque où il décrocha l'appareil téléphonique et signala le numéro de son collègue Réjean Beauparlant.

— Salut, mon cher confrère, c'est moi Léon qui me déclare à peu près guéri et qui aimerais faire un brin de causette avec toi pour célébrer mon retour à la vie légale. Vu que je suis encore en robe de chambre, pourrais-tu venir faire un saut ici?

— J'arrive, mon vieux.

Rénalda, qui avait observé l'agitation de son époux depuis la visite de Roberval, ne put retenir ses commentaires.

— J'espère que mon grand malade ne prend pas le mors aux dents. Même si tu me parais en bonne forme, tu n'as pas été déclaré officiellement guéri. Ta petite infirmière te conseille fortement un dernier examen médical avant d'endosser la toge.

— Ne t'inquiète pas, ma chérie, je ne reprends pas le collier aujourd'hui. Je veux simplement piaffer un peu, histoire de me déraidir les jambes.

Réjean ne tarda pas à se présenter chez les Marquis où Léon l'accueillit et le conduisit à la bibliothèque.

C'était la première fois que Réjean voyait son ami depuis l'interruption tragique du procès.

— Je dois admettre que tu as bonne mine pour un avocat de la défense estropié, lui déclara Réjean en guise de salutation. Évidemment, tu as la plus belle infirmière de l'Hôtel-Dieu à ton chevet, plein temps, ce qui n'est pas trop mauvais pour le moral.

— Je me sens dangereusement bien, répondit Léon. J'ai même le goût de reprendre le procès.

— Peut-être que le juge serait intéressé au retour de l'accusé avant de convoquer le jury. Il y a des juges qui se montrent plus exigeants que d'autres, tu sais!

— Fais pas le drôle! Je ne propose pas de communiquer avec le juge avant que l'accusé soit revenu. Surtout qu'il sera le premier témoin en contre-interrogatoire à la reprise de l'instruction.

— Je présume que tu devines également, reprit Réjean, que d'autres accusations seront portées contre Halton s'il daigne nous honorer de sa présence. Même les clients du célèbre Léon Marquis ne peuvent fuir la justice sans rétribution. Sa Seigneurie le juge Mignon n'est pas reconnue pour sa tendresse à l'endroit des accusés qui disparaissent de la cour sans sa bénédiction.

— Je le reconnais. J'admets également que mon client a eu tort de permettre à son crochet de droite d'atteindre la mâchoire de notre cher confrère. Je concède aussi qu'Angus n'aurait pas dû terrasser Danton. Mais les torts ne sont pas tous du même côté. N'oublions pas que c'est le contre-interrogatoire excessif, même brutal, du procureur de la Couronne qui a déclenché toute cette furie. N'oublions surtout pas que c'est la balle du revolver de Danton qui m'a atteint à un pouce du cœur. Ce policier s'est montré totalement irresponsable en braquant un revolver chargé dans notre direction. Je te permets d'aviser Danton que la journée même où une accusation de voie de fait ou d'outrage au tribunal sera déposée contre les Mac-Tavish, je verrai à ce qu'une accusation de négligence criminelle soit portée contre Danton.

– Je vois ton point de vue, reconnut Réjean. Ce genre de raisonnement peut les faire réfléchir tous les deux, Filion et Danton.

– De plus, ajouta Léon, tu ne le sais peut-être pas encore, mais notre gentil capitaine s'est permis d'incendier le camp de chasse des MacTavish en forêt, simplement parce que les deux frères avaient eu l'audace de s'y réfugier. Tu peux faire comprendre aux autorités le genre de réaction qu'un jury de chez nous aura devant un tel geste de la part d'un officier de la police provinciale.

– Je me rends compte que tu es parfaitement guéri, mon Léon. Je vais communiquer avec qui de droit et te tenir au courant.

Pendant ce temps, au bureau du procureur général à Québec, l'on s'inquiétait sérieusement du déroulement de «l'affaire MacTavish», comme on l'appelait maintenant.

Les médias s'étaient lancés à fond. Au début, les éditorialistes hurlaient parce qu'on ne trouvait pas le meurtrier du riche Américain. Les relations canado-américaines se gâteraient, le tourisme au Québec serait durement affecté, la réputation de notre système judiciaire y perdrait, notre police provinciale se promènerait les deux pieds dans la même bottine. Une fois le procès commencé, les manchettes ne tardèrent pas à clamer que la preuve était insuffisante, l'enquête mal conduite, et que le vrai coupable ne se trouvait pas dans la boîte des accusés.

Par la suite, la presse nord-américaine transmit en manchettes la série de coups de théâtre du Palais de justice de Beaurivage : procureur de la Couronne assommé, policier en fonction cloué au plancher, avocat de la défense atteint d'une balle en pleine poitrine, accusé et son frère en escapade. Le plus humiliant, pour les autorités, fut de voir étalés, dans les médias, la déroute dérisoire des policiers en forêt, la déconfiture du capitaine Danton sur la rivière Nouvelle et l'incendie du camp MacTavish.

Le nouveau procureur général adjoint, Rénald Phaneuf, récemment nommé à ce poste, prit personnellement la direction du dossier et se rendit compte qu'il devait intervenir. Phaneuf était un jeune administrateur compétent et dynamique. Il convoqua Me Filion et le capitaine Danton à son bureau de Québec. Il leur dit qu'il avait lu en entier la transcription des témoignages au procès puis, s'adressant à Me Filion :

– Me Filion, il me semble que la preuve contre l'accusé n'est pas tellement substantielle. Avez-vous d'autres éléments de preuve à déposer en réfutation?

– Quand le procès reprendra, répondit le procureur, j'ai l'intention d'anéantir la crédibilité de l'accusé, puisque c'est son contre-interrogatoire qui a été interrompu et que c'est lui qui sera sur la sellette.

– Que pensez-vous obtenir de plus de lui, sinon de le faire sortir une seconde fois de ses gonds?

– S'il appert au jury qu'il ne dit pas la vérité et toute la vérité relativement à son rôle dans cette affaire, il sera jugé en conséquence.

– J'ai bien l'impression, reprit Phaneuf, que l'accusé va répéter ce qu'il a déjà admis à plusieurs reprises : oui, il a volé l'argent de monsieur Finlayson; non, il ne l'a pas assassiné. Avez-vous l'intention d'ignorer les témoignages accablants apportés par la défense relativement au rôle des deux Bormisky?

– Je vais tenter de démontrer au jury que les Bormisky ne sont pas les accusés, mais bien Halton MacTavish. D'ailleurs, ce sont lui et son frère qui sont en fuite, non pas les Bormisky.

Le procureur général adjoint se tourna alors vers Danton.

– Capitaine Danton, avez-vous fait des démarches pour vérifier les éléments de preuve visant les Bormisky?

– Non, pas du tout. Mes services ont été requis pour conduire une enquête au sujet de Halton Mac-Tavish. À l'enquête préliminaire, le juge de district a trouvé qu'il y avait assez de preuves contre lui pour l'envoyer à son procès.

– Oui, je comprends, mais des éléments nouveaux ont été révélés au cours du procès. Depuis l'ajournement, n'avez-vous pas fait enquête pour en savoir plus long au sujet des Bormisky? La transcription, que j'ai parcourue attentivement, démontre que les Bormisky pouvaient avoir un motif sérieux d'assassinat. Ils étaient sur les lieux peu avant le crime, le jeune Bormisky avait en sa possession un revolver avec silencieux, précisément le genre d'arme à feu qui a tué Finlayson. De plus, un tel revolver a été repêché dans le fond de la rivière après le passage des Bormisky. N'avez-vous pas vérifié l'authenticité de ces faits allégués sous serment par différents témoins?

– Écoutez, monsieur Phaneuf, une fois le procès ajourné, j'ai été très occupé à pourchasser les deux Mac-Tavish, malheureusement sans résultat concret à date.

– Capitaine, lui demanda monsieur Phaneuf, est-ce vrai que vous avez donné ordre à vos hommes d'incendier le camp des MacTavish en forêt?

Danton, visiblement mal à l'aise, s'agitait dans son fauteuil et se caressait la moustache. Il tenta d'éviter la question.

– Vous comprenez, monsieur Phaneuf, que ces MacTavish ne sont pas de tout repos. Rien n'est à leur épreuve. Ils se rient de la police, n'ont aucun respect de la loi, se foutent de toute responsabilité. On ne peut sûrement pas leur assurer un asile confortable en forêt alors qu'ils sont des fugitifs de la justice. Il faut prendre tous les moyens pour les ramener devant les tribunaux.

– J'en conclus donc, déclara Phaneuf, que les rapports parus dans les journaux sont factuels. Dans un autre ordre d'idées, vous êtes-vous informé récemment de la santé de Léon Marquis, le procureur de la défense? Est-il bien exact qu'une balle de votre revolver a failli lui coûter la vie?

– Oui malheureusement, c'est exact répondit le policier. Bien sûr, ce n'est pas lui que je visais. Je m'avançais vers l'accusé qui venait de frapper Mᵉ Filion. C'est ce dernier que je voulais protéger. L'avocat Marquis s'est élancé devant moi et Angus MacTavish m'a renversé par derrière. C'est d'ailleurs son agression sauvage qui a fait partir le coup de revolver.

– Si je vous comprends bien, vous braquiez votre arme, chargée et déverrouillée, vers une ou des personnes désarmées?

Danton se sentait de plus en plus mal à l'aise. Décidément, ce nouveau fonctionnaire prenait les choses au sérieux. Le capitaine n'était pas habitué à ce genre de traitement de la part du bureau-chef. Un policier chevronné comme lui n'apprécie pas les ordres de bureaucrates assis confortablement dans leurs locaux de la Grande Allée, alors que lui doit combattre sur la ligne de feu. Il lui fallait donc mettre ce jeune blanc-bec à sa place. Tout de suite.

— Monsieur Phaneuf, un officier en fonction se doit de protéger les gens qui tombent sous sa responsabilité. J'ai fait mon devoir.

— Très bien, capitaine Danton, lui répondit sèchement le procureur général adjoint. Vous avez fait votre devoir comme vous l'entendez, maintenant je vais faire le mien comme je le conçois. Messieurs, je vous remercie de votre visite. Vous serez avisés tous les deux très prochainement de la nouvelle tournure des événements.

Chapitre VII

La grande fugue

Léon, revenu à son bureau pour la première journée depuis sa convalescence, reçut un coup de fil de Réjean lui proposant une rencontre au sujet de l'affaire MacTavish. Ils décidèrent de prendre le déjeuner à l'hôtel Champlain.

L'arrivée de Léon dans le grand hall de l'hôtel fut saluée chaleureusement par le commis de jour Roméo Latendresse. L'hôtelier, Régis Roberval, Flo Tremblay à ses trousses, mit peu de temps à accourir pour lui souhaiter la bienvenue. Le géant s'apprêtait à étreindre Léon et à le soulever de terre, comme d'habitude, quand ce dernier se jeta de côté pour éviter l'accolade.

— Modère tes transports, mon Régis, ma colonne vertébrale n'est pas encore prête à supporter toute la robustesse de ton amitié.

— Très bien, répondit l'hôtelier. Es-tu assez fort pour recevoir un bécot de Flo?

Alors que le petit homme s'avançait, bec en pointu sous la moustache, Léon se sauva dans la salle à dîner, sourire aux lèvres, pour rejoindre son confrère.

— J'ai de bonnes nouvelles à t'apprendre, annonça Réjean, une fois les deux convives assis à table. J'arrive de Québec où j'ai été convoqué par le nouveau procureur général adjoint. Monsieur Rénald Phaneuf est un haut fonctionnaire qui n'a pas peur de prendre des décisions. Il veut régulariser l'affaire MacTavish. Ce dossier le préoccupe. Dans un premier temps, il a décidé de remplacer Me Filion.

— Excellente nouvelle, répondit Léon. Qui va prendre sa place?

— Ton humble serviteur.

— Pas sérieux? Merveilleuse nomination! Félicitations, mon vieux. Je crois qu'à nous deux nous pouvons vider cette affaire.

— Monsieur Phaneuf a pris une deuxième décision. Il a retiré le capitaine Danton du dossier. Il ne me l'a pas indiqué en termes précis, mais j'ai deviné qu'il n'est pas satisfait du tout de la façon dont l'enquête a été conduite. Il n'a surtout pas prisé l'entêtement de Danton à poursuivre MacTavish à l'exclusion de tout autre suspect. Monsieur Phaneuf ne m'a pas dit quel officier succéderait à Danton. Il est en communication avec les autorités policières. J'ai bien l'impression que notre cher Danton ne doit pas trop s'attendre à une promotion.

— Que va-t-il advenir du procès? demanda Léon.

— Monsieur Phaneuf en a longuement discuté avec moi. Ce qu'il veut surtout, c'est que justice soit faite et de manière évidente aux yeux du public. Nous avons considéré la possibilité de retirer l'accusation contre Halton MacTavish, ce qui évidemment terminerait le procès et permettrait aux autorités de reprendre l'enquête. Par ailleurs, on est parvenu au dernier témoin, et une telle décision à ce stade avancé serait difficile à expliquer, avant tout à cause de la conduite des deux

MacTavish à l'égard du procureur de la Couronne et
du capitaine de police. Ensuite, leur fuite. Ils sont fugitifs, hors-la-loi. Retirer l'accusation dans ce contexte
devient pratiquement impensable. Les médias ont déjà
les dents affilées, imagine le tollé que susciterait une
telle décision des autorités.

    – Je suis tout à fait d'accord avec Phaneuf, reprit
Léon. Mieux vaut terminer le procès. D'ailleurs, il ne
reste plus qu'à conclure le contre-interrogatoire de l'accusé par la Couronne et mon réexamen, si nécessaire.
Ensuite, les adresses au jury. La population ne com-
prendrait pas pourquoi la Couronne retirerait maintenant l'accusation. L'affaire finirait en queue de poisson.
Les médias proclameraient que la Couronne récompense l'accusé qui frappe puis se sauve. Je suis prêt à reprendre l'instruction. Permettons au jury de régler cette
affaire.

    – Il y a tout de même quelques questions délicates
à résoudre, dit Réjean. D'abord, où est l'accusé?

    – Excellente question! Personnellement, je ne sais
pas où il est, mais je connais quelqu'un qui peut le
rejoindre et le faire revenir en moins de deux jours.

    – Dans ce cas, attendons qu'il soit ici avant de fixer
une date pour la reprise du procès. Deuxième question, encore plus complexe. Nos deux fugitifs ont laissé
des cicatrices derrière eux : mâchoire légale cassée,
épaules policières clouées au plancher, deux opérations
pas tout à fait judiciaires exécutées sous les yeux du
magistrat. Je présume que ce dernier sera plutôt intéressé à savoir ce que la Couronne entend faire. Qu'en
penses-tu, Léon?

    – Ma proposition est de déposer des accusations
dans les deux cas pour être considérées après le procès.

Si l'accusé est innocenté, et je crois qu'il le sera, les autres accusations ne seront pas jugées sévèrement. Comme tu le sais bien, Réjean, le grand blessé dans ce brouhaha, c'est moi-même. Si les autorités supérieures veulent faire des chichis, n'oublie pas que la réaction de Danton a été pour le moins imprudente. Quant à Filion, s'il avait jappé un peu moins fort, il ne se serait pas fait casser la margoulette! Le juge a été à même de le constater : à ce moment-là, il était encore assis à son banc, que je sache.

— Léon, je crois que ton raisonnement est sensé. Je vais en parler à monsieur Phaneuf et je te reviendrai. Ensuite, nous fixerons un rendez-vous avec le juge.

Le lundi suivant, à midi, les deux MacTavish étaient attablés devant un civet de lièvre dans la cuisine du camp, au lac Huard. À la radio, l'annonceur du poste C.H.N.C., de New Carlisle, venait de terminer son programme quotidien, «L'actualité locale et régionale». La nouvelle principale était la reprise du procès de Halton MacTavish. Au début de l'émission suivante, «L'heure classique», l'annonceur dédia la première pièce musicale à «deux sportifs de passage dans notre région». C'était la Grande fugue de Beethoven.

Les deux fugitifs engloutirent leur ragoût, firent le ménage du camp et sautèrent dans le canot avec leur bagage. Le lac était calme comme un miroir. Seuls les cris mélancoliques des huards saluèrent leur départ.

* * *

Léon et Réjean se rendirent à Québec rencontrer le juge Mignon dans son bureau du Palais de justice, édifice vétuste et poussiéreux, situé à quelques pas du

Château Frontenac. Sa Seigneurie, homme minutieux
et courtois, les fit asseoir devant son pupitre.

— Même si vous n'avez pas déposé une requête écri-
te avec affidavit à l'appui, comme vous auriez dû le faire,
je consens à vous entendre, vu que vous êtes apparemment d'accord tous les deux quant à la reprise du
procès.

— Oui, Votre Seigneurie, nous sommes d'accord,
répondit Réjean. Nous vous remercions d'avoir bien
voulu nous recevoir et nous dispenser des formalités
usuelles. L'accusé est revenu à Beaurivage de son propre chef et s'est remis volontairement entre les mains
du détachement local. Il est en cellule où il attend la
reprise de son procès.

— J'en conclus, Me Beauparlant, que vous êtes maintenant le procureur de la Couronne attitré au dossier.

— Oui, Votre Seigneurie, c'est moi-même qui, avec
votre autorisation, vais terminer le contre-interrogatoire
de l'accusé.

— Allez-vous exiger, demanda le juge à Réjean, mine
de rien, que l'on passe les menottes aux poignets de
l'accusé?

— Non, Votre Seigneurie, mes questions seront tellement conciliantes et rapides que le témoin n'aura ni
le goût ni le temps de m'attraper de sa droite.

— À propos, demanda le juge, qu'est-il advenu de
Me Filion?

— On m'a dit qu'il avait été affecté à d'autres fonctions au ministère.

— Il méritait bien une promotion, ajouta le juge sans
changer d'expression. Et puis, notre capitaine Danton,
est-ce qu'il enseigne maintenant le tir au revolver au
Collège des policiers de Nicolet?

— Lui aussi a mérité une promotion. J'ai su qu'il travaille maintenant au greffe de la police, à Schefferd-ville. C'est un emploi calme et sécuritaire.

— Tant mieux pour lui, reprit le juge. Dans ces circonstances, Me Marquis, vous n'aurez pas à vous procurer de gilet pare-balles. Et moi non plus. Vous me semblez en bonne forme, mon cher procureur. Votre pouvoir de récupération est remarquable. Dites-moi, Me Beauparlant, est-ce que la Couronne a l'intention de déposer d'autres accusations contre les MacTavish?

— Nous sommes d'accord, s'empressa de répondre Léon, que des accusations de voie de fait soient déposées dès maintenant contre les deux, et une accusation d'évasion contre Halton. Nous verrons, après le procès, s'il y a lieu de donner suite à ces accusations. Tout dépendra de la décision du jury et de la tournure des événements. Il faut retenir également que la manœuvre intempestive du capitaine Danton avec son revolver en Cour peut avoir des répercussions. Mieux vaut attendre le résultat du procès.

— Vous avez parlé en homme sage, Me Marquis, reprit le juge. Je dois vous avouer en toute confidence que je suis très heureux de vous voir l'un et l'autre devant moi. La justice ne s'en portera que mieux. Maintenant, combien de jours d'audition prévoyez-vous pour terminer ce procès.

— Une seule journée devrait suffire, répondit Réjean.

— Tout à fait d'accord, confirma Léon.

Le juge, après avoir consulté sa liste d'auditions et son calendrier, fixa la réouverture du procès au 5 octobre. Les deux jeunes avocats prirent congé.

Le 5 octobre, le village de Beaurivage était en ébullition. De grand matin, la foule se pressait aux portes

du Palais de justice. On n'ouvrait qu'à neuf heures, selon les ordres formels du juge Mignon. Quelques minutes avant l'heure, Me Beauparlant réussit à se faufiler
discrètement par la porte de côté réservée aux procureurs. Il n'en fut pas de même quand Léon arriva avec
Angus MacTavish, journalistes et cameramen à leurs
trousses. Même les grandes chaînes américaines étaient
sur place : A.B.C., C.B.S., N.B.C., les fourgonnettes de
télévision stationnées au fond de la cour.

    – Me Marquis, demanda un journaliste du Soleil
de Québec, croyez-vous parvenir à disculper votre client?

    – C'est le jury qui décidera.

    – Me Marquis, lança un reporter de Radio-Canada
en braquant un micro sous le nez de l'avocat, où étaient
cachés vos deux clients pendant leur fugue?

    – Je ne l'ai jamais su et je ne veux pas le savoir.
Vous pouvez toujours le leur demander.

    – Angus, qu'est-ce qui vous a fait revenir pour le
procès? demanda le reporter au guide.

    – C'est notre passion pour la musique classique,
répondit Angus au reporter abasourdi.

    – Me Marquis, hurla de loin un journaliste de La
Gazette de Montréal, avez-vous l'intention de poursuivre le capitaine Danton pour vous avoir atteint d'une
balle de son revolver?

    – Je crois, répondit Léon, sans broncher, que le
brave capitaine a déjà été promu au paradis des policiers. Je m'en voudrais de troubler sa sérénité, mais
on verra comment les événements vont se dérouler.
Veuillez m'excuser, je dois entrer au Palais.

    À neuf heures quarante-cinq, les deux procureurs
se retrouvaient dans le cabinet du juge Mignon, qui les
reçut à la porte et leur tendit la main, le visage épanoui.

Le magistrat était visiblement soulagé, heureux qu'il était de composer avec deux plaideurs conciliants. En réponse à son regard inquisiteur, Me Beauparlant prit la parole.

— Votre Seigneurie, je n'ai que quelques questions à poser à l'accusé. La Couronne n'appellera pas de témoins en réplique.

— Pour notre part, ajouta Léon, l'accusé était notre dernier témoin. Je suis disposé à procéder, à votre convenance, à l'adresse au jury.

— Permettez-moi de vous répéter, conclut le juge, que j'apprécie votre attitude courtoise à l'égard du tribunal et l'un envers l'autre. L'affabilité est la marque des grands plaideurs et elle contribue considérablement à l'épanouissement de la justice.

Au moment où les procureurs sortaient du cabinet du juge, ils entendirent une rumeur inusitée en provenance de la salle d'audition. Les cameramen américains, armés d'immenses appareils, forçaient leur entrée en bousculant huissiers et spectateurs. Ces derniers, pris par surprise au début, décidèrent de refouler les intrus. Il s'ensuivit une bousculade. Les fiers-à-bras du village voulurent en profiter pour se dégourdir les muscles et se mirent à tabasser les envahisseurs. Léon arriva juste à temps pour intercepter Angus MacTavish qui s'apprêtait à se lancer dans la mêlée. Quant à son frère Halton, solidement ancré entre deux policiers, il dut se contenter de contempler le spectacle en connaisseur averti.

Une voix forte et autoritaire se fit entendre, au-dessus de la cacophonie. Le juge Mignon, debout à son banc, sans doute désireux de faire oublier son attitude pusillanime d'avant l'ajournement du procès, faisait la

preuve de son sang-froid. Son ton impérieux et sa présence magnétique produisirent l'effet recherché : un
profond silence tomba sur l'assemblée.

– À l'ordre, s'il vous plaît. Vous êtes ici dans un
Palais de justice et non à la gare centrale ou au forum
de Montréal. La justice exige le décorum et le respect,
non seulement de la part des officiers de la Cour, mais
de l'assistance. Au Canada, la télévision n'est pas admise à l'instruction d'un procès. Peut-être un jour, pas
maintenant. *I therefore ask our American friends to with-
draw with their cameras.* Je demande aux spectateurs
de regagner leurs fauteuils et à ceux qui n'ont pas trouvé
de place de se retirer à l'extérieur de la salle. Je ne
permettrai aucune infraction au protocole pendant la
reprise de ce procès. Je n'hésiterai pas à déclarer coupable d'outrage au tribunal quiconque enfreindra mes
directives. À l'ajournement, nous en étions au contre-
interrogatoire de l'accusé. Mᵉ Beauparlant, vous êtes
maintenant procureur de la Couronne. Procédez, je
vous en prie.

Halton se rendit dans la boîte des témoins. Son
sourire cabotin habituel avait fait place à une conte-
nance plus réservée. Manifestement, il voulait suivre
les bons conseils de son avocat; il se comporterait avec
dignité et contrôlerait ses émotions. D'ailleurs, il n'é-
prouvait aucune appréhension à l'égard du nouveau
procureur de la Couronne. Mᵉ Beauparlant avait la
réputation d'être un honnête homme.

Pour sa part, Réjean voulait terminer cette affaire
avec efficacité et justice. Il s'avança vers l'accusé.

– Monsieur MacTavish, très heureux de vous revoir parmi nous. C'est mon rôle de terminer le contre-
interrogatoire commencé par mon collègue, Mᵉ Filion.

En réponse à ses dernières questions, vous vous en souviendrez, vous avez déclaré sous serment que vous avez volé monsieur Finlayson, mais que vous ne l'avez pas assassiné.

— Je m'en souviens parfaitement et c'est la pure vérité, répondit l'accusé.

— Alors, poursuivit le procureur, qui à part vous, avait intérêt à éliminer monsieur Finlayson?

— Je n'avais aucun intérêt à éliminer monsieur Finlayson. Dans ma tête d'écervelé, j'étais convaincu qu'il ne me soupçonnerait pas d'avoir pris son argent. De plus, si j'avais voulu vraiment le tuer, je l'aurais fait pendant que j'étais seul avec lui en canot. Pourquoi attendre qu'il soit rendu au club, avec beaucoup de gens aux alentours?

Frappé par le gros bon sens de cette réponse, Beauparlant se rendit bien compte que son interrogatoire n'avait pas renforcé la cause de la poursuite. Il décida tout de même de passer au deuxième volet de sa question.

— Monsieur MacTavish, la preuve démontre clairement que monsieur Finlayson a été assassiné. Qui est le coupable?

— Je ne le sais pas. Je n'étais pas présent. J'étais à souper avec les autres guides. Mais il y avait d'autres gens au camp Brandy Brook. Entre autres, un pêcheur américain et son fils. Un homme qui avait une dent contre monsieur Finlayson, et son garçon qui s'amusait avec un revolver de calibre .32 et un silencieux. C'est au jury de décider.

C'est ainsi que se termina le contre-interrogatoire du dernier témoin. Sentant que c'était une note qui avait dû bien sonner aux oreilles du jury, Léon décida d'en rester là.

Après les adresses de la Couronne et de la défense, le juge donna ses instructions au jury, repassant minutieusement tous les éléments de preuve. Le jury se retira pour délibérer en fin d'après-midi.

Quant à Léon, il en profita pour s'en retourner chez lui avec son épouse qui avait passé la journée en cour. Il lui demanda ses impressions.

– Léon, comme tu le sais, il est rare que je me permette de prendre congé de l'hôpital pour venir en cour. Je ne le regrette pas. Je crois avoir assisté à une journée très édifiante, de quoi redonner confiance en la justice. Franchement, la conduite de Filion et de Danton m'avait laissé un bien mauvais goût. En comparaison, j'ai trouvé que Réjean a rehaussé le prestige de la Couronne. Son adresse au jury était sobre et compétente. Il a su faire ressortir les points importants de la preuve, sans tenter d'écraser l'accusé. Il a rempli son devoir avec dignité. Quant à toi, Léon, je ne sens pas la nécessité de gonfler ton orgueil. Cependant, au risque de blesser ta modestie, je dois admettre que tu as été superbe. Je surveillais attentivement les réactions du jury. À mesure que tu avançais dans ta plaidoirie, les jurés se concentraient de plus en plus. Quelques-uns opinaient même de la tête sans trop s'en rendre compte. Pour sa part, le juge Mignon a été admirablement impartial. Il a soulevé les faits essentiels et a expliqué au jury le sens d'un doute raisonnable.

– Ton résumé de la situation me semble à point, mais ma modestie aurait pu absorber une dose encore plus forte de compliments. D'après toi, quelle va être la décision du jury?

– Je suis convaincue que la majorité des jurés penchent déjà vers la non-culpabilité de l'accusé. Par

ailleurs, l'unanimité ne sera pas atteinte immédiatement, selon moi.

– Qu'est-ce qui te fait penser de cette façon? demanda Léon.

– Connais-tu mademoiselle Théogine Latulipe?

– Notre vieille institutrice maintenant à la retraite?

– C'est bien elle, Léon. Tu as dû remarquer qu'elle
fait partie du jury. Tu te souviens d'elle, elle nous en-
seignait la grammaire et la religion.

– Comment l'oublier!

Chapitre VIII

Le jury en délibéré

MADEMOISELLE Théogine Latulipe prenait ses obligations de juré au sérieux, comme toutes ses responsabilités. Au cours de sa longue carrière d'institutrice, les sujets importants n'avaient pas manqué. La grammaire était la base essentielle de la connaissance de la langue française et la religion, évidemment, le fondement des croyances du genre humain. Une fois à la retraite, elle s'engagea à fond dans toutes les associations, religieuses, sociales et hospitalières. Effectivement, les autorités de Beaurivage venaient de la nommer «Bénévole de l'année».

D'apparence mince, pâle et pointue, mademoiselle Latulipe portait toujours un costume sévère, de couleur sombre, avec jupe longue et collet blanc. Elle tenait ses cheveux gris soigneusement torsadés en chignon sur la nuque et se départissait rarement de ses petites lunettes rondes. Elle n'était pas agressive mais plutôt obstinée. Ses convictions, profondément ancrées, ne la quittaient pas facilement.

Elle suivit attentivement toutes les péripéties du procès, considérant son rôle de juré comme un des plus marquants de sa vie. Un procès de meurtre, c'est une affaire grave à ne pas traiter à la légère. Après la religion et le bon parler français, rien de plus fondamental que la justice.

Elle se souvenait de l'accusé pour l'avoir entrevu à l'école primaire. Elle l'avait rapidement jugé comme étant un petit folichon et n'avait pas cherché à en savoir davantage à son sujet. Au procès, elle l'avait facilement reconnu. C'était un homme maintenant, mais il ne lui semblait pas avoir tellement mûri.

À mesure que la preuve s'accumulait contre lui, elle l'observait : il réagissait en étourdi. Oui, il admettait avoir volé cinq cents dollars, puis après? Ses lèvres esquissaient continuellement un léger sourire narquois. Par ailleurs, le procureur de la Couronne, Mᵉ Filion, faisait montre de conviction, de poids, de gravité. Quant au petit Marquis, s'il était gentil, il n'avait vraiment pas beaucoup d'expérience. Il fallait bien qu'il gagne sa vie et celle de sa belle Rénalda. À ses yeux, l'autorité suprême était le juge, homme de grande dignité, qui allait sans doute résumer toute l'affaire pour faciliter la tâche du jury. Le deuxième personnage le plus important pour elle était Mᵉ Filion, procureur de poids, au verbe fort, venu expressément de Montréal.

Quand elle vit Halton MacTavish, cette jeune tête folle sans éducation, frapper le procureur de la Couronne au visage, elle faillit perdre connaissance. Elle dut s'appuyer contre le dossier du fauteuil devant elle, occupé par le juré Amédée Toupin, le barbier du village. Halton avait fait un geste infâme, un outrage odieux à l'autorité. Et la fuite de l'accusé avec son frère ne fit, à ses yeux, que confirmer sa culpabilité : un citoyen innocent ne tente pas de se dérober à la justice.

À la reprise de l'instruction, mademoiselle Théogine fut très surprise, même chagrinée, de constater que

Mᵉ Filion avait été remplacé par le jeune Beauparlant, avocat prometteur sans doute, mais peu expérimenté. Pas du tout de la même trempe que son prédécesseur. Ce dernier avait traité l'accusé avec panache et fermeté, alors que Beauparlant lui a semblé avoir escamoté son contre-interrogatoire. Il n'a même pas effleuré les sujets les plus importants : les voies de fait de l'accusé contre le procureur de la Couronne, l'outrage au tribunal, la fuite de l'accusé... À ses yeux, MacTavish s'en est tiré à très bon compte. Laissez-moi vous dire que Mᵉ Filion l'aurait secoué avec beaucoup plus de conviction.

Heureusement, pensa mademoiselle Théogine, que le juge Mignon préside encore au procès. Elle décida donc de se concentrer sur les instructions du juge au jury, retenant surtout son message fondamental : si la Couronne démontre au delà de tout doute raisonnable la culpabilité de l'accusé, le jury se doit de le trouver coupable.

Après les instructions du juge, elle se rendit avec les onze autres jurés à la salle de délibération. Située au deuxième étage, c'était une pièce rectangulaire, grise et vieillotte, meublée d'une longue table entourée de douze chaises. D'un côté, de grandes fenêtres donnaient sur la rue Champlain et sur la rivière. De l'autre, le mur était décoré de portraits encadrés de vieux juges, depuis longtemps décédés. Au fond de la salle se trouvait une table à café entre deux portes ouvrant sur les toilettes. À l'entrée, à l'extérieur, siégeait un constable dont le devoir était de veiller à la sécurité des jurés et de transmettre les communications essentielles entre ceux-ci et les autorités. Le constable avisa les jurés de se choisir un président et de commencer à délibérer, puis il referma la porte derrière lui et tourna la clef dans la serrure. Le jury était maintenant séquestré.

Le jury était composé de dix hommes et de deux femmes. L'autre dame, Gisèle Laflamme, une jeune serveuse au restaurant Le Bijou, pétillante de gaieté, s'approchait facilement des hommes et conversait avec eux. Avant le début des délibérations, quelques-uns des jurés se dirigèrent tout naturellement vers les fenêtres pour admirer le paysage et jaser de température. Le plus volubile, Robert Demers, commis-voyageur rougeaud et exubérant, semblait avoir déjà formé son petit cercle avec un infirmier de l'Hôtel-Dieu et quelques fermiers des paroisses environnantes.

Pour sa part, mademoiselle Théogine s'était installée à la table entre un de ses anciens élèves, Hervé Dubois, devenu agent d'assurances, et le barbier Toupin, dont elle connaissait bien l'épouse. Les autres jurés prenaient un café ou fumaient dans le fond de la salle. Voyant que personne ne semblait désireux d'amorcer les délibérations, mademoiselle Théogine décida de prendre les choses en main. Elle se leva.

– Mademoiselle, Messieurs, venez prendre place à la table. Il nous faut faire notre devoir. Notre première tâche est d'élire un président. Si vous n'avez pas d'objection, je propose monsieur Hervé Dubois. C'est un homme d'affaires sérieux, un bon père de famille et un citoyen respecté de Beaurivage. Est-ce qu'il y a d'autres propositions?

Surpris, les jurés arrivèrent en vitesse et prirent place en se regardant les uns les autres, ne sachant trop comment réagir à la proposition impérative de la vieille dame. Le commis-voyageur fut le premier à retrouver la parole. En fait, il ne l'avait pas perdue, sa conversation n'ayant été interrompue que quelques secondes. Sa mâchoire n'avait pas cessé de bouger.

– Mademoiselle Latulipe, comme tout le monde ici, déclara Demers, je sais bien que nous devons nous atteler à la tâche qui nous attend. Tout de même, il faut prendre le temps de respirer un petit peu. Nous nous connaissons à peine. Monsieur Dubois est sans doute un excellent homme. Pour ma part, je le connais de vue seulement. Je ne sais même pas s'il a le goût d'accepter la présidence. C'est un poste lourd de responsabilités. Peut-être voudra-t-il nous dire lui-même ce qu'il en pense?

– Je suis aussi surpris que vous de la proposition de mademoiselle Théogine, répondit Dubois. Il faut croire qu'elle ne me trouvait pas trop écervelé à la petite école. En ce qui me concerne, je n'ai aucune expérience de juré. Je n'ai même jamais, avant ce procès, mis les pieds dans un Palais de justice. Si je suis ici aujourd'hui, comme vous tous, c'est pour remplir mon devoir de citoyen. S'il y en a d'autres qui aimeraient prendre les fonctions de président, je ne serai pas offensé du tout. Au contraire...

– Dans ce cas, reprit mademoiselle Théogine, que ceux qui ne veulent pas devenir président lèvent la main.

La petite serveuse, Gisèle Laflamme, fut la première à lever le bras, suivie rapidement par les cultivateurs, l'infirmier et le barbier. Après quelques moments d'hésitation, les autres se consultèrent et s'amusèrent à se mettre en candidature les uns les autres. Finalement, Harold Doiron, un grand gaillard chauve, affublé d'une moustache de gendarme, prit la parole.

– Savez-vous que moi je ne haïrais pas de présider nos réunions. J'ai passé ma vie à travailler comme constable de la Police provinciale. J'ai assisté à beaucoup de procès. J'ai même témoigné à plusieurs reprises dans ce Palais de justice et ailleurs dans la province. Je connais les procédures. Vu que je suis à la retraite, j'ai tout le temps voulu. Si ça vous accommode, je suis prêt à accepter.

L'intervention de l'ancien policier fut saluée chaleureusement par ceux qui l'entouraient. En face de lui, Robert Demers, qui se préparait à poser sa propre candidature, tardait à le faire, par crainte d'être rejeté. Pendant qu'il cherchait des yeux des appuis possibles autour de la table, l'agent d'assurance Dubois vint mettre un terme à son hésitation.

— Je propose que la nomination de monsieur Doiron soit acceptée à l'unanimité, dit-il.

— J'appuie la proposition, enchaîna rapidement mademoiselle Théogine.

Applaudissements nourris de la part de presque tous les jurés. Le président élu s'installe au bout de la table, la figure épanouie et la moustache retroussée par un grand sourire.

— Merci bien de votre confiance, mesdemoiselles, messieurs. Je ne connais pas de règles établies pour structurer les délibérations d'un jury. Le gros bon sens me suggère de vous proposer au départ un vote secret pour déterminer un consensus préliminaire quant à la culpabilité de l'accusé. Vous avez devant chacun de vous un petit bloc-notes. Voulez-vous indiquer discrètement votre opinion initiale, soit «coupable» ou «non coupable», sans vous identifier. Je passerai prendre vos bulletins.

Les jurés se penchèrent sur leurs blocs-notes respectifs et inscrivirent leur verdict sans hésitation. Le président recueillit les bulletins de vote et revint à son fauteuil lire les résultats.

– Onze bulletins «non coupable», un «coupable».

Les jurés s'observèrent l'un l'autre pour tenter de découvrir qui était le membre dissident. Mademoiselle Théogine décida de ne pas les faire languir.

– C'est moi qui trouve l'accusé coupable. Même si personne ne l'a vu commettre le meurtre, la preuve circonstancielle est écrasante. Il était sur les lieux. Il connaissait la victime. Il avait accès à sa chambre au Brandy Brook. Le motif est clair et même admis : un vol de cinq cents dollars. La possibilité que d'autres Américains aient pu assassiner monsieur Finlayson n'a jamais été établie. Si Halton MacTavish était innocent, il ne se serait pas enfui comme un poltron avant la fin de son procès. Il se savait coupable et s'est sauvé avant le verdict. Dans mon esprit, il n'y a aucun doute, aucun doute raisonnable : c'est bien Halton MacTavish qui a assassiné monsieur Finlayson.

Le verdict de mademoiselle Théogine et son interprétation de la preuve tombèrent sur le dos du jury comme une douche d'eau glacée. Les autres jurés s'attendaient à un verdict unanime de non-culpabilité et prévoyaient des délibérations faciles avec un dénouement rapide et serein. Il s'ensuivit un long silence gênant que le commis-voyageur crut devoir interrompre.

– Mademoiselle Latulipe, j'éprouve beaucoup de difficulté à suivre votre raisonnement. Non seulement il n'y a pas de preuve factuelle que l'accusé a commis le meurtre, mais tous les faits montrent que l'assassinat a été commis par d'autres. Bormisky père était à la pêche sur la Restigouche précisément pour régler une querelle grave avec Finlayson. Bormisky fils jouait avec un revolver de calibre .32 muni d'un silencieux, exactement l'arme dont il s'est servi pour tirer sur

Finlayson. Le guide Morse a vu le jeune Bormisky glisser son revolver dans une fosse à saumons après le meurtre. Il a retrouvé le revolver et l'a déposé en preuve. Que voulez-vous de plus?

— Si l'accusé est si innocent, pourquoi s'est-il enfui pendant son procès, même après avoir entendu les faits que vous venez de rappeler? demanda l'institutrice.

Cette fois-ci, c'est la jeune serveuse qui voulut se porter à la défense de l'accusé.

— C'est l'avocat Filion qui a fait sortir Halton de ses gonds. Il l'a traité de façon dégueulasse, justement pour lui faire perdre les pédales. Ensuite, le policier Danton n'avait pas d'affaire à pointer son revolver sur l'accusé en pleine cour. Et c'est le pauvre avocat Marquis qui a attrapé le coup. Je suis d'accord que les deux MacTavish n'auraient pas dû s'enfuir, mais je me mets à leur place et je peux comprendre pourquoi ils en avaient ras le bol de Danton et de Filion.

— Pour avoir été policier moi-même, renchérit le président, je ne pouvais en croire mes yeux quand j'ai vu le capitaine Danton braquer un revolver sur l'accusé, un revolver chargé et prêt à faire feu, en plein Palais de justice. C'est plutôt rare! Je vois pourquoi Danton et Filion ont été retirés du procès. Je peux comprendre, moi aussi, que dans de telles circonstances, les deux MacTavish aient pris la poudre d'escampette. Leur fuite, sans doute répréhensible, n'est pas reliée à l'assassinat de Finlayson, mais plutôt à la conduite de Danton et de Filion.

La discussion se poursuivit pendant plusieurs heures sans que mademoiselle Théogine change d'opinion. Il ne faisait aucun doute dans son esprit que, selon la preuve déposée au procès, l'accusé était coupable d'avoir assassiné monsieur Finlayson. En fin de journée, les jurés furent transportés par autobus à un petit motel en bordure de la Baie des Chaleurs pour y souper et passer la nuit en séquestration.

Après le repas, le président et deux autres jurés, Robert Demers et Hervé Dubois, se retrouvèrent tous les trois à fumer une cigarette sur la longue galerie entourant les chambres. Harold Doiron en profita pour manifester son inquiétude.

— Si mademoiselle Théogine persiste dans son opinion, nous allons nous retrouver avec un jury avorté.

— Ce qui veut dire quoi? Quelles sont les conséquences, demanda le commis-voyageur?

— Les conséquences sont qu'il devra y avoir un nouveau procès, répondit le policier.

— Quoi! s'exclama l'agent d'assurances. Voulez-vous nous dire qu'il faudra tout recommencer si mademoiselle Théogine s'obstine à ne pas se joindre aux onze autres jurés?

— Oui monsieur, répéta le président. Si nous ne sommes pas tous d'accord, s'il n'y a pas unanimité, il faudra un nouveau procès.

— Ça n'a aucun bon sens, reprit Demers. Tout le monde, à part elle, sait que l'accusé est innocent. On va se faire tuer par la population! Il faut trouver une solution au plus sacrant!

— Mon cher Hervé, dit le président, vous connaissez bien la vieille institutrice. Elle a confiance en vous. Qu'est-ce qu'on pourrait lui dire pour qu'elle change d'idée?

L'agent d'assurances, un grand bonhomme mince à la fine moustache, pondéré et plein de ressources, demeura pensif un moment avant de répondre.

— Mademoiselle Théogine ne change pas d'opinion plus souvent qu'elle change de coiffure. Je crois que si l'on essaie de réfuter ses idées, elle va s'entêter davantage. Il faut plutôt lui laisser croire que c'est elle qui nous ramène à la raison. Pas facile, dans les circonstances. Même si elle a souvent des idéess fixes, elle est tout de même très intelligente. Je vais y penser sérieusement et je vous reviendrai demain. En principe, je suis tout à fait d'accord avec vous; on ne peut pas se permettre de retourner en cour pour annoncer un avortement. Aussi bien changer de comté!

À la reprise des délibérations, le lendemain, le juré Dubois fut le premier à s'exprimer.

— On dit que la nuit porte conseil. Quand je me suis réveillé ce matin, les sages paroles de mademoiselle Théogine galopaient un peu partout dans mon petit cerveau. Elle a sûrement raison. On ne peut permettre un meurtre sans trouver de meurtrier. Cet assassinat a fait beaucoup de bruit au Canada et aux États-Unis. Notre réputation souffrirait énormément si nos délibérations étaient avortées. Je ne sais pas si vous êtes au courant mais, à supposer que notre décision ne soit pas unanime, d'un côté comme de l'autre, il va falloir recommencer le procès.

Ces paroles, venant de la bouche d'un homme d'affaires respecté, eurent le don d'en faire réfléchir plusieurs. La première réaction ne tarda pas à déboucher. Gérard Landry, contremaître d'une usine de pâte à papier, était resté jusqu'ici silencieux. Il décida de plonger dans le débat.

— Il n'y a pas d'erreur qu'il nous faut prendre une décision unanime et exemplaire. On ne peut pas laisser passer un meurtre sous silence. Un gros homme d'affaires américain a été assassiné dans notre région et les Américains aussi bien que les Canadiens s'attendent à ce que justice soit rendue. L'économie de notre région est basée sur le tourisme à Beaurivage et, en forte partie, sur l'industrie de la pâte à papier dans le bas du comté de Beaubassin. Ces deux industries dépendent d'une clientèle américaine. Ce serait courir vers le suicide économique que de refuser de faire notre devoir. Mademoiselle Théogine a raison, il faut sévir!

Le commis-voyageur emboîta le pas, sans nuances :

– Écoutez les amis, nous avons été choisis pour faire notre devoir et rendre justice. Un homme important a été lâchement assassiné dans notre comté. La preuve est claire et nette que monsieur Finlayson a été trouvé mort dans sa chambre au camp Brandy Brook. Après une enquête menée en bonne et due forme par les autorités policières, il a été établi que la seule personne présente sur les lieux avec un motif pour tuer la victime qu'il venait de voler, c'est Halton MacTavish. Il a bien été question d'autres Américains de passage au camp, mais vraiment pas de preuve solide contre eux. Le seul accusé, c'est Halton MacTavish. Je suis maintenant d'accord avec mademoiselle Théogine. Cessons de lambiner. Je demande un autre vote!

Mademoiselle Théogine s'apprêtait à entrer dans le débat. Pendant qu'elle réfléchissait, le président s'empressa de décréter la tenue d'un deuxième scrutin. Il fit le tour de la table pour recueillir les bulletins.

– Non coupable, quatre; coupable, huit.

Les yeux des jurés se tournèrent instinctivement vers mademoiselle Théogine pour vérifier ses réactions. Ceux qui s'attendaient à un sourire d'appréciation de sa part furent déçus. Les autres, au courant de la stratégie, se réjouirent discrètement de la mine perplexe de l'ancienne institutrice. Après un silence prolongé, cette dernière comprit qu'elle devait présenter ses commentaires sur ce revirement.

– Franchement, dit-elle, je me sens un peu em-
barrassée. Je ne pensais pas que mon humble opinion
aurait tant d'influence sur vous. Je ne suis qu'une vieille
dame à la retraite. Je ne prétends pas être détentrice
de la vérité. Peut-être que nous devrions réfléchir davantage avant de condamner ce pauvre jeune homme
qui, après tout, est peut-être innocent. Il ne faudrait
surtout pas le condamner pour des motifs purement
économiques. Je m'en voudrais jusqu'à la fin de mes
jours si ce jeune homme passait sa vie au cachot à
cause d'un besoin de représailles de la part du public
nord-américain...

Gisèle Laflamme, la jeune serveuse, toujours profondément convaincue de l'innocence de l'accusé, n'avait
pas changé son vote, et était bouleversée par la tournure des événements. Elle voulut frapper un coup dur :

– Moi aussi je dormirais mal si l'on découvrait
plus tard que c'est le jeune Bormisky qui a assassiné
monsieur Finlayson! Moi, je sais que c'est lui!

Cette affirmation inattendue créa un silence em-
preint de curiosité, voire d'incrédulité. Le président voulut en savoir davantage.

– Nous connaissons tous maintenant ta décision,
Gisèle, mais il ne faut tout de même pas charrier.
Comment peux-tu être si certaine que c'est le jeune
Bormisky qui a fait le coup?

– Voici pourquoi, répondit la serveuse. Au cours
du procès, quand les témoins ont commencé à parler
des Bormisky, puis à affirmer qu'ils ont pris le train à
Beaurivage le soir du meurtre, je me suis rappelée que
ce soir-là deux Américains ont pris une bouchée à
notre restaurant avant l'arrivée de l'Océan Limitée. Je
m'en souviens parce que généralement les sportifs américains mangent au club, ou peut-être à l'hôtel, pas à

notre petit bistrot. Ces deux hommes étaient plutôt
éméchés. Le jeune parlait haut et fort et le plus vieux
semblait vouloir le gronder tout en essayant de le calmer. «Hugo, qu'il lui répétait, you should not have done
it. Now keep quiet!» Le père parlait tout bas, tandis que
le fils continuait à faire le fanfaron. Ce n'est qu'à ce
moment du procès que j'ai relié leur conversation à
l'assassinat de Finlayson. J'ai même pensé en parler
aux avocats, ou au juge, puis vu que c'était le procès
de Halton et non celui des Bormisky et qu'il me semblait évident que Halton ne serait pas trouvé coupable,
j'ai préféré me taire. Maintenant que mademoiselle
Théogine a réussi à vous embrigader, laissez-moi vous
dire que moi je ne changerai pas d'idée et que vous
n'aurez jamais mon vote pour faire condamner un innocent. Préparez-vous à annoncer au juge que nos délibérations sont dans l'impasse.

Le président pensa que le moment était propice
pour un troisième tour de scrutin. Une troisième surprise : non coupable, onze votes; coupable, un.

Les jurés avaient donc tous repris leur position
initiale. Par contre, la dissidente était maintenant profondément ébranlée. Mademoiselle Théogine sentit le
besoin de s'expliquer.

— Je dois admettre que je suis beaucoup moins
convaincue que je l'étais de la culpabilité de l'accusé.
J'ai des doutes. Qu'est-ce que c'est, monsieur le président, un doute raisonnable?

— Le juge l'a déjà expliqué, répondit Doiron. Un
doute raisonnable, c'est un doute sérieux, pas une simple chimère. C'est la Couronne qui a le fardeau de la
preuve. Elle doit démontrer que l'accusé est coupable.
Si vous n'êtes pas convaincue qu'il est coupable, vous
devez vous conduire en conséquence. Si je peux me

permettre de vous le demander, mademoiselle Théogine, quel est le doute qui vous tracasse?

— Ce qui me tracasse, monsieur Doiron, c'est qu'on parle des Bormisky et moi je ne les ai pas vus. On suppose que c'est le jeune Bormisky qui a tué monsieur Finlayson dans sa chambre, à Brandy Brook. Personne ne l'a vu se rendre dans la chambre en question. La preuve indique que les deux Bormisky étaient attablés quelque part sur la galerie à prendre un apéritif avec monsieur Finlayson. Personne n'a vu le jeune Bormisky suivre Finlayson dans sa chambre. Personne ne nous a dit où était située la chambre. Il n'y a pas de preuve attestant que Hugo Bormisky aurait pu suivre Finlayson jusqu'à sa chambre sans être vu. Je ne suis jamais allée à Brandy Brook, moi. Si je pouvais visiter le camp, connaître les lieux du crime, je crois que mes derniers doutes pourraient être dissipés.

— La preuve démontre, fit remarquer le président, que les apéritifs étaient servis sur une galerie et que l'accusé allait placer la perche de son sportif en haut de sa porte donnant sur une galerie. Était-ce la même galerie et près de la table des invités, je ne le sais pas.

— Peut-être pourrions-nous demander au juge d'aller visiter les lieux, proposa Dubois. Si c'est le dernier obstacle à l'unanimité, le voyage en canot en vaut la peine, surtout que le paysage d'automne, vu de la rivière, est superbe.

Tous les jurés tombèrent d'accord et le président rédigea une petite note qu'il demanda au constable d'aller porter au juge. Ce dernier fit venir immédiatement les deux avocats à son cabinet. La requête du jury provoqua une grande surprise chez les trois hommes, vu qu'ils s'attendaient tous à une décision presque automatique innocentant l'accusé. Le texte du président, très lapidaire était ainsi libellé :

Votre Seigneurie, le jury demande l'autorisation de visiter les lieux du crime à Brandy Brook.
Harold Doiron, président du jury.

— Je me perds en conjectures, déclara le juge. Généralement, une visite des lieux s'effectue avant ou pendant l'instruction. C'est la première fois que je reçois une telle demande de la part d'un jury en cours de délibération. Qu'en pensez-vous, messieurs?

— J'ai l'impression, répondit Réjean, que les jurés veulent vérifier un détail quelconque avant de se prononcer définitivement. À titre de procureur de la Couronne, je n'y vois pas d'objection. À condition, bien sûr, que la tournée soit silencieuse, sans argument de la part des procureurs et sans preuve additionnelle de la part des témoins. Une stricte visite des lieux, sans plus.

À ce moment, Léon se souvint des paroles prémonitoires de son épouse, selon qui le jury n'atteindrait pas facilement l'unanimité à cause de mademoiselle Théogine Latulipe. Qu'est-ce que la vieille institutrice voulait foutre au camp Brandy Brook? Un simple caprice ou un motif bien fondé de besoin de renseignements?

— Moi non plus, je ne vois pas d'objections à ce que le jury visite la scène du crime, même à ce stade tardif, ajouta Léon. Pas question d'entendre d'autres témoins, bien sûr. Pour le voyage, il va nous falloir plusieurs canots. L'eau est basse en automne et on ne doit pas surcharger les embarcations. Ça peut prendre autour de quatre heures à monter en moteur. Heureusement, on prévoit une belle température pour demain. Nous pourrions partir de bonne heure, prendre un goûter au camp et revenir dans l'après-midi. Il n'y a sûrement pas de pêcheurs sportifs sur les lieux en octobre. Un gardien s'y trouve pendant le temps de la chasse. Je prends pour acquis que vous venez aussi, Votre Seigneurie?

– Évidemment que j'embarque, répondit le juge Mignon. Je ne voudrais pas manquer la partie la plus intéressante du procès, surtout que les avocats devront demeurer silencieux! Je vais demander au greffier de prendre les dispositions nécessaires. Nous nous rencontrons tous au quai de l'hôtel, à huit heures demain matin.

Chapitre IX

Le jury au camp Brandy Brook

Au cours de la soirée, Angus MacTavish et son jeune ami autochtone, Placide Héron, dégustaient une bière à la taverne de l'hôtel Champlain. Arriva un groupe de guides, qui se joignit à eux.

– Qu'est-ce que vous fabriquez au village? leur demanda Angus. Je ne vous ai pas vus pendant le procès, je vous croyais à la chasse.

– C'est vrai, répondit Guy Crosswell, on était partis à la chasse, mais le gérant du Beaurivage Salmon Club nous a rejoints par téléphone. Il nous a demandé de monter un groupe de jurés en canot à Brandy Brook demain matin. Qu'est-ce qui s'est passé au procès, Angus?

– Tout a bien marché, répondit MacTavish. L'avocat Marquis semble très heureux des résultats à date. Le jury s'est retiré pour délibérer. Qu'est-ce que c'est que cette histoire de monter les jurés à Brandy Brook? On leur donne une petite journée de congé pour aller se chercher un chevreuil, quoi!

– Il semblerait, lui apprit Emerson Morse, que les jurés ont demandé d'aller visiter les lieux du meurtre. C'est leur président, Harold Doiron, qui a fait parvenir une note au juge à cet effet. Le juge a accepté. Il monte en canot avec nous et les avocats demain matin. On va prendre cinq canots.

— Savez-vous qui fait partie du jury? demanda Mac-Tavish aux guides. La vieille institutrice Latulipe!

— Pas la vieille chipie! hurlèrent les autres en chœur.

— Elle-même, en personne. Et j'ai l'impression que c'est elle qui retarde la décision du jury. Je suivais de près ses réactions pendant le procès. Elle fronçait les sourcils chaque fois qu'un témoin favorisait mon frère. Quand Halton a tapé Filion, elle a failli avoir une syncope!

— Aimerais-tu qu'on l'échappe dans un rapide, lui demanda Crosswell?

— Intéressante idée, mais il va bien falloir la garder vivante jusqu'à la fin du procès, conclut MacTavish.

Le lendemain matin, grande animation au quai, devant l'hôtel Champlain. Les douze jurés étaient présents, ainsi que les avocats, le greffier, le juge et le gérant du Beaurivage Salmon Club, Leonard Greene. Ce dernier, homme gracieux et efficace, avait organisé le voyage et tenait à y prendre part pour en assurer le bon déroulement. Les guides étaient en place, assis près du moteur à l'arrière de chaque canot.

Une fois tous les passagers bien installés dans les embarcations, Greene donna le signal du départ et la flottille démarra à la queue leu leu. En tête, le juge Mignon et les deux avocats accompagnaient le gérant.

C'était une journée magnifique. La brume matinale enrobant la rivière s'évaporait lentement, dégageant un soleil d'automne qui scintillait déjà sur les vaguelettes du courant et sur les flancs de la montagne. Les érables, bouleaux, merisiers, ormes et autres feuillus, le long de la berge, composaient une symphonie de couleurs éblouissantes encadrées par le vert profond des conifères.

Confortablement assis à l'avant de son canot, le juge jouissait pleinement du panorama qui s'ouvrait à ses yeux à chaque coude de la rivière. Sa Seigneurie, qui n'avait jamais mis les pieds dans un tel esquif, était émerveillée. Loin de lui les témoignages et les plaidoiries, il se laissait bercer par le ronronnement du moteur et le bruissement du courant cristallin qui se fendait à la proue de l'embarcation. Les huards s'envolaient, cherchant refuge dans le haut des arbres, le long de la rive, d'où ils saluaient les visiteurs par de petits cris surpris et éraillés. Le vieux juriste, songeant à sa retraite prochaine, rêvassait doucement.

Vers midi, le club Brandy Brook apparut au centre d'une colline boisée dominant la rivière. Une longue galerie entourait le chalet principal en bois rond, ancré aux extrémités par deux immenses foyers. De la cuisine, un peu en retrait, s'échappait une fumée invitante. Une passerelle, suspendue au-dessus du ruisseau Brandy, reliait le club au camp des guides camouflé dans la verdure. Le ruisseau écumant descendait en cascade vers la rivière où il terminait sa chute avec fracas.

Le gérant précéda les invités dans un long escalier conduisant à la galerie où les attendait le cuisinier, Narcisse Drapeau, tout souriant dans son grand tablier blanc. Petit homme rondelet et jovial, le chef Drapeau mit rapidement tout le monde à l'aise. Avant de les inviter à déjeuner, il indiqua aux deux dames où se trouvait la salle de bains, au bout de la passerelle.

Les dames venaient à peine d'entrer dans la pièce que les autres invités, encore sur la galerie, entendirent des cris de terreur et virent la petite Gisèle Laflamme arriver au pas de course, les bras en l'air, la figure contorsionnée, les yeux presque sortis de leurs orbites.

– Il y a un ours dans les toilettes, hurla-t-elle, et mademoiselle Théogine gît sans connaissance sur le plancher!

Les hommes se ruèrent vers les toilettes et constatèrent qu'en effet la vieille institutrice était étendue de tout son long et ne bougeait plus. Mais d'ours, pas de trace. Pendant que les autres s'affairaient autour de mademoiselle Théogine, Léon courut à la fenêtre du fond, leva le rideau et reconnut deux hommes qui disparaissaient dans les broussailles. Mademoiselle Théogine ne tarda pas à reprendre connaissance et tout le monde se mit à table pour déguster un bol fumant de chaudrée au saumon, suivi d'un civet de lièvre, couronné par le gâteau maison. Les jurés, d'excellente humeur, taquinaient impitoyablement les deux dames.

– Pauvre Gisèle, lança Robert Demers, ce n'est pas drôle, si jeune, et déjà avoir des hallucinations!

– Et notre chère mademoiselle Théogine, reprit Harold Doiron, à la veille d'être canonisée, l'on croirait que ses visions nous révéleraient des communications avec des personnes célestes, pas avec des ours mal léchés!

La petite Gisèle se défendait de son mieux. Pour sa part, la malheureuse mademoiselle Théogine semblait encore trop ébranlée pour réagir. Elle se contentait de murmurer à voix basse qu'elle était presque certaine d'avoir vu un gros ours brun avant de s'évanouir.

* * *

La tournée sur l'eau et le grand air avaient creusé l'appétit du juge qui s'était resservi de tous les plats et commençait à somnoler. Il était maintenant prêt à entreprendre le voyage du retour, comptant sur un assoupissement bienfaisant dans le canot.

– Est-ce que les membres du jury veulent bien commencer la visite des lieux? demanda-t-il d'une voix devenue impérieuse. Que voulez-vous inspecter exactement?

Tous les yeux se retournèrent vers mademoiselle Théogine qui n'en menait pas large. Elle parvint tout de même à se redresser sur sa chaise et répondit faiblement.

– Votre Seigneurie, j'aimerais voir la chambre où monsieur Finlayson a été assassiné.

– Très bien! Monsieur Greene, ayez l'amabilité de conduire les jurés dans la chambre mais, de grâce, éloignez les ours avant de faire entrer les deux dames!

Cette dernière remarque eut le don de soulever l'hilarité des convives qui ne demandaient pas mieux pour faciliter la digestion. Greene leur indiqua l'endroit où, sur la galerie, en saison, l'on disposait les tables pour servir les apéritifs. Ensuite, il consulta le livre d'enregistrement du club pour vérifier le numéro de la chambre qu'avait occupée monsieur Finlayson. C'était le numéro un, qui donnait directement sur la galerie, en face de l'endroit réservé au service des cocktails. Les jurés allèrent donc visiter le numéro un. Les deux dames allongèrent le cou avant d'entrer : pas d'ours en vue. Une chambre meublée simplement, en bois naturel.

Peu après, Greene entraîna le groupe dans une visite de l'établissement. Ils firent le tour par la galerie, et se rendirent au camp des guides en empruntant la passerelle au-dessus du ruisseau. Plusieurs peaux d'ours

décoraient les murs. Quelques-unes, avec la tête em-
paillée, servaient de descentes de lit dans le dortoir.

La tournée terminée, le juge Mignon demanda aux
jurés s'ils avaient vu ce qu'ils désiraient vérifier. Avant
de répondre, Harold Doiron se retourna vers mademoiselle Théogine, qui opina légèrement de la tête.

— Votre Seigneurie, nous sommes prêts à partir, répondit le président, sourire épanoui sous sa glorieuse
moustache.

La flottille se mit en route. Le juge Mignon reprit
sa place dans le canot amiral, s'entoura confortablement de coussins, allongea les jambes sous la pointe et
se laissa aller douillettement à ses rêveries. Excellent
déjeuner qu'il nous a servi, le chef, se dit le juge. Rien
comme une bonne petite chaudrée pour réchauffer l'estomac après une tournée au grand air, et un délicieux
civet. Il me semble que le soleil a repris de la vigueur
depuis ce matin. Comme on dit, la vie a ses bons moments! Je me demande encore pourquoi le jury a tenu
à visiter le lieu du crime. Si c'est la vieille demoiselle
Latulipe qui a insisté pour faire cette tournée, comme
je le crois, elle a payé le prix de sa curiosité. J'ai bien
l'impression que quelqu'un lui a joué un vilain tour
dans la salle des dames. Par ailleurs, elle n'est pas la
seule à avoir vu un ours; la petite Laflamme aussi a
aperçu quelque chose, et c'est une jeune fille qui me
semble être tout à fait délurée. Une fois le procès terminé, je tirerai cette affaire au clair, mais ce n'est pas
le moment de distraire le jury. Surtout que le jury est
prêt à nous annoncer son verdict. D'après l'expression
que j'ai cru déceler dans les yeux du président et l'air de
résignation sur le visage de mademoiselle Latulipe, je
suis à peu près convaincu qu'il va terminer ses délibérations à sa prochaine séance. Ce fut un procès inusité,

même intrigant, quoique énervant et fatigant. Pour le moment, je vais m'assoupir un peu...

Le premier canot approchait du rapide Chamberlain, le seul passage vraiment risqué sur la Restigouche. La rivière se rétrécit à cet endroit, forme un entonnoir et crée ainsi un volume d'eau considérable qui s'échappe en cascade par un étroit couloir semé de récifs. Le guide Crosswell savait où passer et comment manœuvrer son canot à l'aide du moteur. Il se consacrait attentivement à sa tâche.

À ce moment, un chevreuil, élégant et gracieux, apparut sur la berge, à quelques mètres seulement du canot. L'avocat Beauparlant, assis immédiatement derrière le juge, voulut lui faire voir le bel animal et lui secoua légèrement l'épaule pour attirer son attention. Évidemment, l'avocat ne savait pas que le juge somnolait. Ce dernier, brusquement éveillé, fit un soubresaut et se leva. Le guide échappa un juron et cria au juge de s'asseoir. Le juge Mignon, tout à fait déboussolé, se retourna pour voir qui se permettait de l'apostropher ainsi, perdit l'équilibre et bascula la tête la première dans le rapide.

Propulsé par le moteur, le canot avançait plus vite que le courant, de sorte que lorsque le juge revint à la surface il était déjà éloigné de l'embarcation. Il se débattait dans l'eau glaciale et l'écume blanche. Les deux avocats se lancèrent à l'eau pour tenter de le secourir. Ils pouvaient à peine surnager, projetés qu'ils étaient eux-mêmes vers les rochers à fleur d'eau et les autres écueils qui entravaient le passage. Ils perdirent bientôt le juge de vue et, quand ils parvinrent en eau calme, Crosswell avait déjà fait débarquer ses passagers sur la berge et descendait lui-même le courant en canot à la recherche du naufragé.

Le guide retrouva le corps du juge accroché dans un amas de billots, de bûches, de branches cassées, de racines tordues, de broussailles enchevêtrées et d'autres débris entassés à un tournant de la rivière.

Chapitre X

Le verdict

RÉNALDA venait de terminer son souper et se préparait à nettoyer la cuisine. Elle entendit la porte s'entrouvrir et aperçut Léon qui lui arrivait, trempé jusqu'aux os, grelottant et en bien mauvais état.

– Pour l'amour du saint ciel! Qu'est-ce qui t'est arrivé, mon pauvre Léon? As-tu descendu la rivière à la nage en plein mois d'octobre?

– Oui, répondit Léon, on peut dire que j'ai tenté de faire quelques brasses. Malheureusement, mes efforts n'ont pas porté fruit. Laisse-moi me déshabiller et je vais tout te raconter. C'est une bien malheureuse histoire.

– Enlève-moi toutes ces guenilles trempées pendant que je te fais couler un bon bain chaud. Je prépare un bol de soupe.

Partagée entre l'anxiété et la curiosité, Rénalda s'empressa de lui apporter le bol de soupe directement au bain, essayant de le faire parler et manger en même temps. Léon réussit tant bien que mal à lui relater les événements de la journée.

– Ce n'est pas possible! Le juge Mignon noyé! Un homme si distingué qui se préparait déjà à la retraite. Que va-t-il advenir du procès?

— Je ne le sais pas encore. Les autorités du greffe au Palais de justice vont communiquer demain avec le bureau du juge en chef de la Cour supérieure à Québec. J'espère que ce dernier n'exigera pas la tenue d'un deuxième procès et qu'il voudra bien nommer un autre juge pour entendre le verdict du jury. Du moins, c'est ce que Réjean, le procureur de la Couronne, espère et c'est ce que moi, à titre d'avocat de la défense, désire. C'est inusité, un juge qui décède au moment où le jury s'apprête à rendre sa décision. Il y a peut-être des précédents. Nous verrons.

— Et toi, mon pauvre Léon, qui relèves à peine d'une blessure grave. Comment te sens-tu?

— Je me sens déjà ravigoté. Le bain chaud et la soupe ont fait leur travail. Je ne frissonne presque plus.

— Laisse-moi faire, je vais m'occuper de tes derniers frissons!

À la grande surprise de Léon, Rénalda enleva ses souliers, ses bas, sa robe et son slip et sauta allègrement dans le bain. Léon ne tarda pas à oublier les mésaventures de la journée.

Le lendemain matin, le jury partait de l'hôtel pour se réunir une dernière fois au Palais de justice, tel que convenu la veille. Le président, Harold Doiron, prit sa place au bout de la table. Tous les jurés étaient présents, mine basse. Il prit la parole.

— Mes chers amis, nous sommes tous bien attristés ici ce matin. Nous avons prié hier soir pour le repos de l'âme de Sa Seigneurie le juge Mignon. Aujourd'hui, nous nous réunissons une dernière fois pour faire notre devoir. Je ne sais pas encore à qui nous devons faire connaître notre verdict. Je crois que le moins que nous puissions faire c'est d'en venir à une décision. À notre dernier tour de scrutin, le vote était de onze contre un en faveur de l'accusé. Mademoiselle Théogine, vous avez admis que c'était vous la dissidente et vous avez exigé une visite des lieux pour dissiper votre dernier doute. Vous avez eu votre tournée au camp Brandy Brook. Êtes-vous maintenant disposée à nous donner votre décision finale?

La pauvre mademoiselle Théogine n'était plus la même personne. Son costume gris était froissé, son chignon lui descendait de travers sur la nuque, son assurance coutumière avait fait place à une timidité angoissée. Elle avait vieilli d'une décennie. Elle toussota faiblement avant de répondre.

– La journée d'hier m'a profondément troublée. Je me sens indirectement responsable de l'accident survenu à notre juge Mignon. Moi qui avais tant de respect pour lui. Je regretterai le reste de mes jours, maintenant moins nombreux, d'avoir demandé cette visite au camp de pêche. Vraiment, ce voyage n'était pas nécessaire. Je me rends compte que ce n'était qu'un prétexte pour retarder ma décision. Tout de même, j'ai pu constater de mes propres yeux que la chambre occupée par monsieur Finlayson donnait directement sur la galerie où l'on sert les apéritifs et que le jeune Bormisky pouvait s'y introduire discrètement à la suite de la victime. Personne ne l'a vu entrer, excepté peut-être son père. Quant à l'accusé, je réalise que j'avais un préjugé contre lui à cause de son manque de discipline et de son air espiègle. Je suis loin d'être convaincue qu'il a pu commettre un meurtre. Je partage donc votre opinion. La Couronne n'a pas démontré au delà de tout doute raisonnable la culpabilité de l'accusé.

Les onze autres jurés se levèrent spontanément pour aller lui serrer la main et même bécoter la vieille institutrice qui rougissait de plaisir et commençait déjà à reprendre un peu de son aplomb. Doiron prononça ses dernières paroles en qualité de président du jury.

— Mes chers amis, je vous remercie tous de votre excellent travail. Je vais maintenant faire parvenir une note au greffier indiquant que nous sommes prêts à rendre notre verdict.

Pendant ce temps, Léon, à son bureau, s'occupait des derniers points relatifs au procès et se demandait comment en prévenir d'autres. Il fit d'abord venir Angus MacTavish qui arriva, sourire aux lèvres.

— Il paraît que ça marche, nos affaires, mon Léon, lui déclara-t-il.

— Ça irait encore mieux, lui répondit Léon, si nos amis cessaient d'effaroucher les jurés.

— Je ne comprends pas très bien tes remarques. Peux-tu me traduire ça en français ou en anglais?

— Tu sais très bien ce que je veux dire, mon drôle. Quand on veut saluer son ancienne institutrice, la procédure habituelle n'est pas de l'attendre dans la toilette des dames vêtu d'une peau d'ours! J'espère que tu comprends mon message et que tu vas le transmettre à ton copain, le coureur des bois. Autrement, tu peux y laisser ta peau et l'autre coquin y perdre ses plumes.

— Parfait, mon Léon, je vais lui passer un signal de fumée accompagné de quelques petits coups de tambour. As-tu d'autres recommandations?

— Seulement un conseil d'ami. De grâce, restez tranquilles, le dénouement approche. Salut!

Il donna ensuite un coup de fil à Alberte Giroux, la greffière du Palais de justice.

— Bonjour, madame Giroux. À propos de l'affaire MacTavish, savez-vous si le bureau du juge en chef a été avisé du décès du juge Mignon et si un autre juge va être désigné pour recevoir le verdict du jury?

– Bien sûr, M⁄e Marquis, j'ai communiqué avec l'assistante dès ce matin. Le juge en chef Taschereau était déjà au courant de l'accident. La nouvelle a passé à la télévision hier soir. Tout un choc pour lui. Le juge Mignon était un confrère de classe et un bon ami. Il attend les avis du Ministère de la Justice et les vôtres avant de décider de la reprise du procès. Évidemment, dans l'affirmative, c'est lui-même qui désignera un nouveau juge. On entrera en communication avec vous sous peu. Permettez-moi de vous dire que le président du jury vient de nous aviser que le jury est disposé à rendre son verdict.

– Merci, madame, vous êtes efficace, comme à l'habitude.

Léon rejoignit Réjean à son cabinet. Ce dernier venait également d'apprendre que le jury avait pris une décision.

– Écoute, mon Réjean, dépêche-toi d'annoncer cette bonne nouvelle aux autorités du Ministère. Comme tu le sais bien, c'est un élément très important, qui pèsera lourdement dans la balance quant à la tenue d'un deuxième procès.

– Léon, tu deviens trop anxieux! Ne tente pas de bousculer les événements. Je mettais justement la main à l'appareil pour rejoindre mes supérieurs quand tu m'as téléphoné. D'ailleurs, comme convenu entre nous deux hier après-midi, j'ai déjà avisé les autorités du Ministère que, à notre avis, il est dans l'intérêt de la justice de terminer ce procès. Évidemment, le fait que le jury soit prêt à rendre sa décision renforce notre point de vue. Changement de propos, comment t'es-tu remis de ta baignade d'hier dans la Restigouche?

— J'étais transis jusqu'aux os et je n'ai pas arrêté de grelotter jusqu'à ce que Rénalda m'ait pris en main.

— Maudit chanceux!

Plus tard dans la journée, Léon recevait un appel de madame Giroux lui demandant de bien vouloir déposer une requête au nom des deux parties afin qu'un nouveau juge soit nommé pour recevoir le verdict du jury.

Le lendemain, le juge André Dupont, de Québec, entrait au Palais de justice de Beaurivage. C'était un grand bonhomme cordial qui avait accepté avec joie de venir siéger à Beaurivage en pleine saison de chasse. La nouvelle de son arrivée l'avait déjà précédé et la salle d'audience était comble quand il monta sur le banc.

— Mesdames et messieurs les membres du jury, je sais que vous avez élu un président. Monsieur le président, avez-vous un verdict à rendre au tribunal?

— Oui, Votre Seigneurie, répondit Harold Doiron en se levant.

Tous les yeux dans la salle se tournèrent vers Doiron qui se passa nerveusement les doigts dans la moustache, s'éclaircit la voix et annonça le résultat.

— Le jury, à l'unanimité, trouve l'accusé non coupable.

Chapitre XI

L'arrivée de l'inspecteur Marsolais

LA foule considérable qui remplissait le Palais de justice s'était retrouvée tout naturellement à l'hôtel Champlain. Pendant que les guides et leurs amis célébraient le verdict dans la taverne, les habitués du Palais s'étaient attablés dans la salle à dîner pour le repas de midi. Le juge Dupont était en compagnie des avocats et se réjouissait de la tournure des événements.

– La décision du jury a eu le don de rendre tout le monde heureux, y compris le juge, dit-il. S'il avait fallu que les jurés trouvent l'accusé coupable, j'aurais été bien mal placé pour prononcer une sentence. N'ayant pas entendu la preuve, ça n'aurait pas été facile pour moi de jauger la gravité du crime ou d'apprécier les motifs de l'accusé. Évidemment, la sentence aurait été ajournée pour me permettre d'étudier la transcription et d'entendre par la suite les arguments des deux parties. Enfin, tout a tourné au mieux. Pour une rare fois, les procureurs des deux parties approuvent tous les deux le résultat.

– Vous ne le savez peut-être pas, monsieur le juge, répondit Me Beauparlant, mais le procureur général a envisagé sérieusement la possibilité de retirer l'accusation au cours du procès. La preuve se portait plutôt vers d'autres personnes que Halton MacTavish. C'est surtout à la suite de l'évasion de l'accusé que nous sommes tous tombés d'accord qu'il serait préférable de terminer le procès pour permettre au jury de remettre un verdict au tribunal.

— C'est tout à fait exact, ajouta Léon. Les médias ont fait tellement de publicité à la suite de l'échauffourée survenue en cour et de l'évasion de l'accusé qu'il nous a semblé que le grand public accepterait mal son exonération. Il ne faut pas oublier que Halton a causé une fracture au procureur Filion et que son frère Angus a immobilisé le capitaine Danton au plancher, en pleine cour et devant juge et jury.

— Je suis au courant de toute cette histoire, déclara le juge avec un petit sourire espiègle. Je suis natif de la région, vous savez. J'ai suivi cette affaire depuis les débuts. D'ailleurs, mes collègues de la magistrature ne cessent de me taquiner au sujet de ce procès. Il s'en brasse des affaires, à Beaurivage, qu'ils me disent à chaque nouveau rebondissement. Maintenant, après la noyade de notre regretté juge Mignon, ils me trouvent brave d'avoir accepté de remplacer le défunt. M⁰ Marquis, vous me paraissez être en bien grande forme pour avoir attrapé une balle en pleine poitrine et avoir fait une descente à la nage dans l'eau glaciale d'automne de la Restigouche!

— Oui, monsieur le juge, je me sens en très bonne forme, surtout après le verdict de ce matin. Je suis soulagé.

— On guérit tellement plus vite, ajouta Réjean, quand on est marié à la plus belle infirmière du comté!

– En effet, attesta le juge, j'ai cru remarquer une belle grande brune aux yeux verts qui s'est lancée la première pour féliciter le procureur de la défense. Si elle est infirmière en plus, la santé de Me Marquis ne s'en portera que mieux.

– Monsieur le juge, affirma Réjean, vous avez l'œil vif!

– La sagesse ne rend pas l'homme aveugle à la beauté, répliqua le juge, manifestement satisfait de sa repartie. Pour revenir à notre sujet, Me Beauparlant, connaissez-vous l'intention de vos supérieurs relativement à l'évasion de l'accusé et à son agression contre Me Filion, ainsi qu'à celle de son frère Angus contre le capitaine Danton?

– J'ai bien l'impression qu'ils vont tout laisser tomber. Je leur ai déjà dit que s'ils poussent davantage cette affaire, Me Marquis se propose d'intenter des poursuites contre le capitaine Danton et peut-être même contre son employeur, le gouvernement provincial, basées sur la négligence du capitaine qui a failli lui coûter la vie. D'ailleurs, un jury de chez nous vient d'innocenter l'accusé du crime principal et je crois que le moment est venu de terminer l'affaire.

– Tout à fait juste, voulut ajouter Léon. Il y a cependant un élément très important qui n'a pas encore été touché.

– Je présume, dit le juge, que vous voulez parler du vrai coupable du meurtre de monsieur Finlayson?

– Exactement, répondit Léon. Le procès a établi deux faits. Premièrement, monsieur Finlayson a été assassiné; deuxièmement, le meurtrier n'est pas Halton MacTavish. Alors, qui est le meurtrier? Réjean, qu'en pense le procureur général?

- Malheureusement, je ne suis pas dans le secret des autorités. Cependant, si le nouveau procureur général, monsieur Phaneuf, est l'homme que je crois, il avancera le dossier avec diligence. J'ai bien l'impression qu'il ne voudra pas priver le greffe de Schefferdville des services du capitaine Danton, ni la fonction publique des bons offices de Mᵉ Filion. Il nommera sans doute une nouvelle équipe pour poursuivre l'enquête.

- Il est préférable que je ne participe pas à cette discussion, déclara le juge, au cas où ce dossier pourrait un jour m'être confié. D'ailleurs, si je veux faire une partie de chasse avant de m'en retourner à Québec, je dois penser à me mettre en marche. Bonne journée et au plaisir de vous revoir.

En sortant sur la galerie de l'hôtel, le juge, les avocats et les autres convives eurent droit à un spectacle haut en son et en couleur. La fanfare et le corps de clairons de l'Académie de Beaurivage passaient dans la rue à l'occasion de leur défilé annuel, tambour battant et drapeau flottant. Les célébrants du procès, au sortir de la taverne, en profitèrent pour se joindre au défilé et continuer la fête. Vers la fin du défilé, un groupe particulièrement tapageur secouait à bout de bras ce qui semblait au juge être un étendard noir et gris agité par le vent. De plus près, le magistrat constata qu'il s'agissait, non pas d'une bannière, mais bien d'une personne qui se débattait à quelques pieds au-dessus du sol. Il ne put retenir un cri d'étonnement lorsqu'il reconnut un membre du jury, mademoiselle Théogine, transportée en triomphe par les deux frères MacTavish. La pauvre institutrice, en passant devant le juge et les autres convives, tenta de redresser son chignon et réussit à leur offrir le plus tendre de ses sourires.

– Décidément, remarqua le juge, les gens de Beaurivage n'ont pas perdu leur sens de l'humour et leur joie de vivre.

Pendant ce temps, Rénald Phaneuf, déjà averti du verdict, tentait de rejoindre Beauparlant à son bureau. Ce dernier retourna l'appel dès son retour après le dîner. Le haut fonctionnaire entra directement dans le vif du sujet.

– Mon cher maître, ce verdict confirme nos discussions. Nous abandonnons les possibilités de poursuites relatives aux infractions des MacTavish et nous nous concentrons sur le fond de l'affaire, le meurtre de Finlayson. En coopération avec la police provinciale, nous venons de confier le dossier à l'inspecteur Guy Marsolais, qui est un officier compétent et ingénieux. Il se présentera à Beaurivage dès demain. Veuillez lui assurer toute votre collaboration. N'oubliez surtout pas de le mettre en communication avec Me Léon Marquis. Je vous remercie de votre excellent travail.

Le lendemain, l'inspecteur Marsolais, jeune homme mince aux yeux pétillants, se présentait au bureau de Réjean. Sa présence dégageait candeur et simplicité. Il n'avait pas du tout l'air du gendarme conventionnel.

– C'est vous l'inspecteur? lui demanda Réjean.

– Oui, Me Beauparlant, c'est bien moi, répondit tout bonnement l'inspecteur. Je n'ai pas l'air d'un policier. C'est probablement la raison pour laquelle on m'a confié cette tâche.

– Vous me semblez drôlement sympathique, mais pourquoi cette enquête nécessiterait-elle de l'incognito de votre part?

– Parce qu'un policier canadien n'a pas le droit d'agir comme tel à l'étranger. Même si le meurtre a eu

lieu au Canada, les suspects se trouvent vraisemblablement aux États-Unis.

— Votre réponse est claire. Je présume donc que
vous allez commencer votre enquête à Beaurivage avant
de vous rendre aux États-Unis?

— Très précisément. J'ai déjà lu la transcription des
témoignages au procès. Je veux d'abord rencontrer tous
les témoins, ensuite Mᵉ Marquis. Après mon entrevue
avec vous, j'aimerais que vous m'indiquiez où je peux
rejoindre les témoins.

Deux jours plus tard, l'inspecteur se présentait au
cabinet de Léon. Ce dernier, même prévenu par son
confrère, fut très impressionné par la limpidité et la
lucidité du policier. Dès le premier coup d'œil, les deux
hommes devinèrent qu'ils allaient bien s'entendre.

— Avez-vous déjà terminé votre enquête locale? demanda Léon.

— J'ai rencontré tous les gens qui avaient des renseignements à fournir, excepté la personne essentielle
à mon enquête, vous-même.

L'inspecteur fit un résumé précis et concis de ses
entrevues pour en venir à la conclusion que, selon lui,
la preuve indiquait clairement que le meurtre n'avait
pas été commis par Halton MacTavish, mais probablement par l'un des deux Bormisky.

— Comme vous le savez, ajouta-t-il, la loi ne nous
permet pas d'aller chercher un accusé aux États-Unis
et de le ramener au Canada. Notre juridiction s'arrête
aux frontières. Il y a cependant un traité d'extradition
entre les deux pays. Pour extrader un accusé, il faut
au préalable présenter suffisamment de preuves devant
un tribunal américain. La tâche ne sera pas facile. Tout
ce que nous détenons pour le moment, c'est une preuve

circonstancielle. Il va nous falloir aller chercher une preuve plus substantielle. Mᵉ Marquis, vous avez déjà fait votre tournée dans la région de Washington. Vous connaissez les lieux. Vous pouvez identifier Hugo Bormisky. Vous avez établi des liens d'amitié avec monsieur Ross Frankfurter, un allié puissant. Vous pouvez m'aider. Plus précisément, vous pouvez contribuer à rendre justice.

– Je suis prêt à vous aider, ou plutôt, comme vous le dites si bien, à contribuer à rendre justice, répondit Léon. Dites-moi ce que vous attendez de moi et je vous offre mes services.

– Voici. J'aimerais que vous m'accompagniez aux États-Unis. Vous connaissez bien la cause, vous êtes avocat, vous savez quels éléments de preuve nous manquent. Nous pouvons faire enquête à deux. Le procureur général adjoint a lui-même suggéré cette proposition et s'engage à couvrir vos frais et dépens.

– Quand partons-nous?

– Demain matin. Prenez les dispositions nécessaires pour une semaine d'absence.

Chapitre XII

La dernière partie de golf de Hugo Bormisky

L E lendemain les deux jeunes hommes empruntaient la route suivie par Léon et Rénalda lors de leur voyage à Washington. Marsolais était au volant d'une modeste berline de modèle récent. Léon et Guy s'entendaient comme deux copains engagés à fond dans une même cause. Ils profitèrent des longues heures de route pour mieux se connaître.

Guy avait pensé sérieusement à se diriger vers la profession d'avocat. Malheureusement, son père, policier à Montréal, avait été assassiné lors d'un cambriolage et Guy, alors âgé de dix-huit ans, avait dû abandonner ses études au collège et se joindre à la police provinciale pour venir en aide à sa famille. Après des promotions intéressantes, il avait pris goût au métier et remis à plus tard un retour possible aux études. Il était marié depuis trois ans et déjà père de jumelles. Ses yeux étincelaient d'un éclat particulier quand il parlait de son épouse Rachelle et de leurs deux petites. En cours de route, ils ébauchèrent un plan d'attaque. D'abord, ils iraient rencontrer Ross Frankfurter, avec qui Léon avait déjà pris rendez-vous.

À leur arrivée à la North Atlantic Shipping, à Washington, le grand patron vint les recevoir, sourire aux lèvres et main tendue. Léon surveilla l'expression de Guy quand il arriva devant la fenêtre panoramique occupant tout le pan de mur derrière le pupitre de Frankfurter. L'homme d'affaires observait également la réaction du jeune policier. Il ne fut pas déçu. Le regard scrutateur de l'inspecteur avait instantanément apprécié le paysage magnifique.

— Monsieur Frankfurter, dit-il, je vois bien d'où vous tirez votre inspiration. Washington est déjà une ville particulièrement intéressante. Vue de cette hauteur, elle est merveilleuse!

— Approchez-vous, mon nouvel ami canadien, lui dit Frankfurter, tout réjoui, venez que je vous décrive tous nos monuments nationaux.

Léon en conclut que la rencontre était bien amorcée. Une fois assis devant le pupitre de Frankfurter, il fit le point sur les derniers événements, y compris l'exonération de MacTavish et le but de leur visite. Frankfurter l'écouta avec grand intérêt, puis leur fit part de ses opinions.

— Les médias américains ont accordé beaucoup de publicité à la reprise de ce procès et encore plus au verdict de non-culpabilité. J'ai l'impression que notre public a favorablement accepté cette décision du jury. En général, Halton a eu bonne presse. On lui a prêté l'image d'un jeune guide plutôt sympathique, d'un personnage amusant. Par ailleurs, mon cher Guy, votre police provinciale en a pris pour son grade. Ici, on attend que cette affaire soit résolue. Pas de crime sans châtiment. La presse américaine ne s'est pas trop attardée à des conjectures quant au rôle des Bormisky. Je suppose que, par crainte d'une poursuite en diffamation de la part de ces derniers, les journalistes ont, pour le moment, préféré la discrétion.

– Qu'est-il advenu des Bormisky depuis l'assassinat de Finlayson? demanda Léon.

– Kirk Bormisky continue ses procédures contre la succession de Finlayson. Il a repris ses activités d'entrepreneur. J'ai appris dernièrement qu'il construisait des postes d'essence en Virginie. Ce n'est pas un type particulièrement sociable. On le rencontre donc rarement à nos réunions de gens d'affaires, et encore moins dans les réceptions mondaines.

– Et son fils Hugo?

– Il a terminé ses études à l'Université de Georgetown et travaille maintenant avec son père. Il s'occupe d'administration générale. Il se tient surtout à leur bureau principal d'Arlington, en Virginie. Il est tout de même plus abordable que son père. Margaret Finlayson, la veuve de ce pauvre Bill, me disait justement que leur fille Brenda voyait Hugo de temps à autre. Ils se connaissent pour avoir étudié ensemble à l'université. Évidemment, depuis l'assassinat de Bill, le jeune Hugo se fait plutôt discret quand il aperçoit Brenda.

– Brenda pourrait peut-être nous aider à coincer Hugo, suggéra Léon. Je me souviens très bien d'elle. C'est elle qui nous a reçus, Rénalda et moi, quand nous nous sommes présentés chez sa mère l'an passé. Elle a fière allure. Je crois qu'elle s'apprêtait à disputer un match de tennis.

– Excellente mémoire, Léon, remarqua Guy. Pour un nouveau marié, tu as encore l'œil aux aguets. Il me semble, moi aussi, qu'elle doit être très désireuse de découvrir le meurtrier de son père. Elle peut sûrement nous en dire plus long au sujet du jeune Bormisky. Qu'en pensez-vous, monsieur Frankfurter?

– En effet. Je crois que c'est la première personne à rencontrer. Je vais passer un coup de fil à madame Finlayson pour savoir si Brenda est chez elle.

Elle était chez elle et consentit à rencontrer les deux jeunes Canadiens le jour même, dans un petit bistrot de Georgetown, le Perroquet Bleu. Les enquêteurs se présentaient à l'entrée du restaurant, quand la jeune fille arriva, toute pimpante dans un léger costume blanc. Elle reconnut immédiatement Léon, s'empressa de lui serrer la main et de saluer Guy. La voix rauque d'un perroquet, perché près de la porte, fit sursauter les deux visiteurs :

– Hello, Brenda!

Manifestement accoutumée à ce salut, Brenda s'inclina devant l'oiseau tout en faisant mine de gronder le maître d'hôtel qui se tenait discrètement en retrait. Il conduisit les trois convives à une table placée près d'une fenêtre donnant sur un petit jardin. Le restaurant se remplissait rapidement de jeune monde élégant et joyeux.

– J'espère que l'endroit vous convient, demanda Brenda. C'est tout près de chez moi. J'y viens souvent. Je n'ai pas de difficulté à obtenir une réservation.

– C'est tout à fait sympathique, répondit Léon. Et bien gentil de votre part d'avoir accepté de nous rencontrer dans un si bref délai.

– Monsieur Frankfurter a expliqué à maman le but de votre visite. Elle et moi avons immédiatement convenu que je devais coopérer avec vous. D'ailleurs, je suis heureuse de vous revoir. Dommage que votre épouse ne puisse être de la partie. Je dois vous dire que je l'ai trouvée très charmante.

– Vous êtes aimable, Brenda. Je ne manquerai pas de lui faire part de vos bons souvenirs. Cette fois-ci, j'ai fait le voyage avec un compagnon bien différent. Guy est inspecteur de police.

– Mais il n'a pas l'air du tout d'un policier! ne put s'empêcher de remarquer Brenda.

– J'ai l'air de quoi, alors? demanda Guy, toujours amusé d'entendre ce commentaire à son sujet.

– Je ne sais pas trop, balbutia Brenda, un peu confuse. Pardonnez-moi, monsieur Marsolais, je suis toujours trop vive. Je devrais réfléchir avant de parler. C'est que je rencontre rarement la police. Je crois que je dois me laisser influencer par la télévision. Un gendarme est le plus souvent un jeune costaud, tandis qu'un inspecteur est un homme d'âge mûr, type Sherlock Holmes, avec lorgnon et chapeau melon. Vous ne ressemblez ni à l'un ni à l'autre des deux personnages!

– Tant mieux pour vous si les seuls policiers qui meublent votre imagination sont des personnages de la télévision. C'est un indice que votre vie est bien rangée. Malheureusement, pour la première fois, vous allez devoir partager la réalité d'une enquête avec un inspecteur en chair et en os et avec un avocat qui, lui, c'est regrettable de le mentionner, a l'air d'un vrai avocat.

– Objection! protesta Léon. Je me porte à la défense de ma profession.

À la fin du repas, les trois convives abordèrent la partie sérieuse de la rencontre. Brenda relata en détail ce qu'elle savait de Hugo Bormisky. Vraiment pas un gentil garçon. Vaniteux et égoïste, il se sert de son physique avantageux ainsi que de ses moyens financiers pour s'imposer, généralement aux dépens des autres. Il abuse souvent de ses amis pour parvenir à ses propres fins, de sorte que ses amitiés ne durent pas. Il a tenté d'obtenir à quelques reprises des faveurs sexuelles de Brenda. Aussitôt son petit jeu deviné, elle s'est éloignée de lui. Évidemment, après l'assassinat de son père, elle ne l'a presque plus revu. De toute façon, les occasions se faisaient maintenant plus rares, leurs études étant terminées.

Brenda était horrifiée à la pensée que Hugo ait pu assassiner son père. Elle ne le pensait pas si méchant. Quand Léon lui eut décrit en détail les éléments de preuve déposés au procès, elle n'en croyait pas ses oreilles. Par ailleurs, elle se rendait compte maintenant que, s'il était innocent, il serait venu lui offrir ses sympathies. Après tout, l'assassinat de son père était une affaire connue à Washington. Plusieurs étudiants étaient venus la consoler. En fait, une des premières étudiantes à venir la serrer dans ses bras fut Rebecca Lancaster, à l'époque une copine de Hugo.

— Est-ce que vous la voyez encore, votre amie Rebecca? lui demanda Guy.

— Oui, je l'ai revue la semaine dernière.

— Sort-elle encore avec Hugo?

— Oui, je crois qu'ils se voient.

— Si nous la rencontrions, est-ce qu'elle se confierait à nous, ou irait-elle tout rapporter à Hugo?

— Je ne sais vraiment pas. Si elle est encore très intime avec Hugo, il nous faudrait être prudents. Par ailleurs, nous avons toujours été d'excellentes amies toutes les deux. Elle ne me tromperait pas. Si vous voulez bien, je vais l'approcher et tâter le terrain. Je m'en occupe dès maintenant et je communiquerai avec vous.

* * *

Au même moment, une décapotable blanche roulait à tombeau ouvert sur la Route 95 vers la Floride. Au volant, Hugo Bormisky répondait aux questions de son copain Steve Koperak.

— Hugo, qu'est-ce qui t'a pris de vouloir avancer notre départ pour les vacances?

— J'avais trop hâte de jouer au golf.

— Sois sérieux! Une journée de plus ou de moins, le condo de ton père au Meadows sera toujours là!

— La vérité, Steve, c'est que je sentais la soupe chaude. Trop chaude à mon goût. J'ai eu des problèmes avec Rebecca, hier soir. Elle ne voulait pas. Moi, je voulais. Elle préférait attendre. Moi, ça pressait. Tu me connais, je n'aime pas être contrarié. Elle s'est débattue. J'ai persisté. Tu devines le reste...

— Où est-ce que vous étiez? Raconte-moi ça!

— Ça s'est passé ici dans ma voiture, sur la banquette avant. Après le souper au Perroquet Bleu, nous sommes allés faire du stationnement dans le parc, près de l'université. Nous avons jasé puis elle s'est laissée embrasser, même qu'elle m'a semblé ne pas détester ça du tout. Elle n'a pas trop résisté quand j'ai commencé à la caresser un peu partout. Mais quand j'ai voulu la déshabiller, elle s'est mise à protester. Je lui ai mis la main sur la bouche pour l'empêcher de gueuler, au cas où il y aurait du monde dans les parages. Elle luttait fort pour se dégager. Tu sais, c'est une athlète en grande forme. Elle a réussi à me mordre la main et à me planter un coup de genou à un endroit stratégique.

— Aïe!

— J'ai lâché prise. Une fois libérée, elle s'est mise à hurler. Je l'ai donc ramenée chez elle en vitesse. Laisse-moi te dire qu'elle était plutôt maussade quand elle est redescendue de la voiture. J'ai donc pensé que ce serait plus prudent pour moi de déguerpir.

— Penses-tu qu'elle va le signaler à la police?

— Je ne sais pas trop. C'est possible qu'elle ne dise rien pour ne pas causer de scandale et humilier sa famille. Surtout qu'elle n'a pas été violée. Si elle ne me voit plus autour, elle va probablement préférer m'oublier. Jusqu'à présent, aucune fille ne m'a dénoncé.

– Estime-toi chanceux, mais n'applaudis pas trop vite. Si ta Rebecca a le physique d'une athlète, elle en a aussi le caractère.

– Parlons plutôt de golf.

– D'accord, Hugo. Le club Meadows, c'est à Sarasota?

– Exactement, sur la côte ouest de la Floride. Un grand domaine comprenant une cinquantaine de petits villages, autant de lacs et trois parcours de golf, dans un sanctuaire d'oiseaux.

– Ça me paraît fantastique!

– La compagnie de mon père a acheté un condo au village Sheffield Greene, face au cinquième trou du parcours principal.

– Le village est rempli de jeunes beautés?

– Steve, le golf! Le village est habité par des retraités. Si ça force trop, on peut toujours descendre en ville et faire miroiter ma décapotable.

* * *

Le lendemain, à Washington, Léon recevait un coup de fil de Brenda Finlayson.

– Léon, j'ai communiqué avec Rebecca Lancaster. Elle consent à vous rencontrer. À ma grande surprise, elle m'a même semblé très pressée de vous parler. On se retrouve au Perroquet Bleu, demain midi?

– Entendu. À demain!

Quand Léon et Guy se présentèrent à l'entrée du restaurant, le perroquet leva le nez et demeura silencieux.

L'oiseau exotique ne les considérait pas encore comme des habitués. Le maître d'hôtel les conduisit à une table discrètement entourée de treillis et d'arbustes au fond du restaurant. Les deux jeunes filles s'y trouvaient déjà.

Rebecca était une grande rousse sportive, à l'air décidé. Une fois les plats choisis et le serveur retiré, elle n'hésita pas à tomber dans le vif du sujet.

— Brenda m'a déjà mise au courant de la situation. Je sais même que c'est vous, Guy, qui êtes l'inspecteur, et vous, Léon, l'avocat. Vous voulez obtenir des informationss de moi et, pour ma part, j'ai besoin de vos conseils. Vous voulez que je vous renseigne au sujet de Hugo Bormisky et c'est exactement ce que j'ai le goût de faire. Vous arrivez à point. D'abord, je le connais depuis que nous nous sommes inscrits à l'Université de Georgetown il y a déjà quatre ans. Au début, c'était un sportif très apprécié : le quart-arrière de l'équipe de football. Sa belle apparence et son statut de héros collégial lui ont permis de s'entourer d'un cercle d'amis et de faire des conquêtes faciles parmi les étudiantes. Malheureusement, c'est un égoïste au bien mauvais caractère. Au cours de la deuxième saison de football, il s'est brouillé avec son entraîneur. Ce dernier l'a enguirlandé devant ses coéquipiers. Hugo s'est rué sur lui et l'a assommé d'un coup de poing. Les autorités ont immédiatement exclu Hugo de l'équipe et de toutes les activités sportives universitaires. Descendu de son piédestal, il s'est replié sur lui-même, donnant libre cours à ses mauvais penchants.

— Vous-même, Brenda, le fréquentiez-vous? demanda Guy.

— Oui, je le rencontrais de temps à autre. Nous sommes membres du même club de tennis, jouons en double, et parfois soupons au restaurant. Hugo s'est tenu correctement en ma compagnie jusqu'à hier soir. Après le repas, j'ai accepté de monter dans sa voiture pour retourner chez moi. Il avait consommé plusieurs verres et a tenu à m'amener dans le parc où il a stationné sa décapotable. Je n'ai pas voulu résister au début, quand il s'est approché de moi et m'a embrassée, de crainte de le mettre en colère. Après quelques étreintes passionnées, il a complètement perdu le contrôle de ses émotions. Il s'est lancé sur moi et a tenté de me violer. D'une main il me bloquait la bouche pour m'empêcher de crier, de l'autre il déchirait mes vêtements, en pleine frénésie.

«Je me suis débattue de toutes mes forces. Finalement, je suis parvenue à me dégager. J'ai mis en pratique les leçons de mon cours d'autodéfense pour lancer une contre-attaque qui l'a pratiquement réduit à l'impuissance. Je n'ai pas eu besoin de crier au secours. Il m'a simplement et piteusement reconduite chez moi. Je ne l'ai pas encore signalé à la police. Je ne sais pas trop si je dois le faire. Qu'en pensez-vous?»

– Je vous conseille fortement de le faire, s'empressa de répondre Guy. Je sais que ce n'est pas plaisant de raconter un épisode si dégoûtant et si personnel à la police, puis probablement en cour devant un public avide de sensations et de détails sordides. Cependant, si vous n'agissez pas, cet individu continuera ses agressions sexuelles en toute impunité.

– Je suis parfaitement d'accord, ajouta Léon. Vous devez tout signaler et le plus rapidement possible. En matière de preuve, la plainte immédiate d'une agression sexuelle est beaucoup plus crédible qu'une plainte indûment retardée.

— Très bien, répondit Rebecca, je me rendrai sans faute au poste de police dès cet après-midi. Maintenant, que voudriez-vous savoir de plus au sujet de Hugo?

— Vous nous en avez déjà appris beaucoup sur son caractère et sur son comportement, dit Léon. Vous savez que nous le soupçonnons d'avoir assassiné le père de Brenda au cours d'un voyage de pêche au Canada. Vous a-t-il parlé de ce voyage? A-t-il laissé échapper des paroles qui pourraient nous aider à monter un dossier contre lui?

— Il m'a dit l'été dernier qu'il allait avec son père en tournée de pêche au saumon dans l'est du Canada. Je me souviens qu'il a ajouté que son père devait y rencontrer monsieur Finlayson pour affaire. Au cours de cette période, monsieur Finlayson n'était pas en odeur de sainteté auprès des Bormisky. Hugo m'a déjà confié qu'il leur avait causé d'énormes ennuis financiers. Les rares fois où j'ai revu Hugo après son retour, il n'a pas soufflé mot de son voyage.

— Est-ce qu'il vit encore chez ses parents? lui demanda Léon.

— En principe, oui, mais il est souvent absent. Il me disait justement hier qu'il s'apprêtait à se rendre en Floride, en tournée de golf avec son ami Steve Koperak. Le père de Hugo a un condo au club de golf Meadows, à Sarasota.

Après le lunch, les deux Canadiens réglèrent leur note d'hôtel et mirent le cap sur la Floride. Le lendemain, en fin d'après-midi, ils se présentaient à la boutique du professionnel au Meadows pour apprendre que Hugo et son invité avaient pris un départ à quatorze heures six. La jeune blonde du comptoir leur demanda nerveusement s'ils étaient eux aussi membres du F.B.I.

Ils répondirent par un signe de tête négatif, se rendirent directement au hangar des voiturettes, glissèrent un pourboire de cinquante dollars au préposé, sautèrent à bord d'un véhicule et s'engagèrent sur le sentier en suivant les flèches numérotées.

— Le F.B.I. est déjà sur les lieux, constata Guy; Rebecca n'a donc pas tardé à faire son rapport à la police. C'est curieux que ce soit la police fédérale qui s'en mêle.

— Probablement, répondit Léon, parce que trois juridictions différentes sont en jeu. Hugo, un résident de la Virginie est accusé d'avoir commis un délit à Washington dans le district de Columbia et son arrestation aura sans doute lieu ici en Floride.

— Le F.B.I. est probablement le corps policier le plus puissant au monde, techniquement mieux organisé que ne l'était le K.G.B. de Moscou. Ses policiers sont efficaces et féroces.

— Si Hugo veut jouer au finaud avec ces messieurs-là, il va y goûter!

Le sentier leur ouvrait un paysage différent à chaque tournant; tantôt un parcours ondulant peuplé de palmiers et de grands pins, tantôt un lac entouré de hérons bleus, d'aigrettes, d'ibis blancs, d'anhingas aux ailes déployées et de canards multicolores attendant patiemment l'arrivée de petits poissons. Parfois un couple silencieux de grandes grues canadiennes arpentait lentement un green, mettant ainsi à l'épreuve la patience des golfeurs. Ou bien un alligator solitaire reposait paresseusement au bord de l'eau.

— C'est toujours surprenant de voir ces alligators en liberté, somnolant près des lacs, sur un parcours de golf, remarqua Léon. Tu peux être certain que je ne m'approche pas d'eux pour aller chercher ma balle. Je l'oublie et j'en sors une autre.

— Je te comprends, Léon. Mieux vaut perdre une balle qu'une main. Ce sont des reptiles dangereux, mais ils sont protégés par le gouvernement. Ils font partie d'une espèce en voie de disparition.

— Ils sont plutôt paresseux. Ils mangent très rarement et bougent à peine pour conserver leur énergie. Il ne faut surtout pas s'approcher d'eux à l'heure de leur repas.

Léon et Guy avaient pris la précaution de s'attifer en golfeurs : gilet, short et panama de couleurs bigarrées. Ils étaient donc salués gaiement par les joueurs sur leur passage. Évidemment, il leur fallait attendre sans bruit quand ils arrivaient à la hauteur d'un tertre où un golfeur s'apprêtait à frapper la balle.

— Un vrai paradis! s'exclama Léon. Dommage que nous soyons ici en service. Il faudra un jour que j'y revienne avec Rénalda. Je n'ai rien contre toi, mon Guy, mais je ne me sens pas tellement romantique à tes côtés. Surtout que je crois deviner la configuration d'un revolver sur ta croupe.

— D'accord, mon vieux. Mon rôle aujourd'hui n'est pas de faire roucouler un jeune avocat en mal de son épouse, mais bien d'être prêt à faire face à toute éventualité. Si nos deux golfeurs de Washington ont commencé leur partie il y a environ trois heures, ils doivent en être à peu près au quinzième green. Sois vigilant, nous approchons.

Avec une normale de cinq, ce green est long et difficile. Il est protégé par deux fosses de sable et un lac long et vaseux. Le golfeur prudent s'approche de l'eau au deuxième coup, puis traverse facilement au troisième. Le golfeur audacieux tente parfois sa chance, mais réussit rarement à se rendre au green à son deuxième envoi.

Athlète téméraire, Hugo tenta sa chance. Sa balle suivit une longue trajectoire avant de plonger dans le lac au milieu d'un majestueux éclaboussement. Pendant que Steve s'esclaffait, Hugo poussa un juron digne d'un bûcheron fatigué ou d'un golfeur frustré. Malheureusement pour lui, son coup raté n'était que le début de ses ennuis.

Deux agents du F.B.I. l'attendaient dans une voiturette près de l'eau. L'un deux s'avança, présenta sa carte de policier et lui demanda de s'identifier. Hugo, déjà passablement furieux, sentait le désir d'égorger cet importun plutôt que de répondre à ses questions.

– Que me voulez-vous? Fichez-moi la paix! Vous ne voyez pas que je joue au golf? Au lieu d'importuner les honnêtes gens, occupez-vous donc des criminels qui troublent l'ordre public.

– Nous avons un mandat d'arrestation pour agression sexuelle, contre un dénommé Hugo Bormisky, et nous vous demandons de vous identifier.

Ce n'était pas dans la nature de Hugo Bormisky d'accepter la contrariété, ou de se plier aux instructions de l'autorité, ou encore moins d'envisager les conséquences de ses actes. Son instinct était plutôt de foncer et de défoncer. Pour le moment, il n'était pas d'humeur à discuter avec ces deux fâcheux.

– Mes pièces d'identité sont dans mon portefeuille dans le sac de golf, répondit-il au policier.

Léon et Guy arrivaient sur les lieux. Ils devinèrent immédiatement que c'étaient les agents du F.B.I. qui bloquaient la voiturette de Hugo au bord de l'eau. Ils remarquèrent également la tête d'un immense alligator reposant sur la berge. Ils virent Hugo se pencher sur son sac attaché à l'arrière de sa voiturette pour en extraire un revolver. Vif comme l'éclair, Guy sortit son arme, la braqua sur Hugo et lui cria, en anglais :

– Laisse tomber ton arme, lève les bras en l'air ou je tire!

Hugo pivota sur lui-même et tira à bout portant dans la direction de Guy. La balle lui effleura les oreilles. Guy, champion de tir au revolver du Canada, aurait pu facilement tuer Hugo à bout portant. Il voulut cependant se limiter à le désarmer et, d'un tir direct, lui cassa le poignet droit. Hugo poussa un cri de douleur, laissa glisser son arme et tomba à la renverse sur la berge à côté de l'alligator. L'animal, sorti de sa torpeur, referma sa puissante mâchoire sur le bras ensanglanté de sa proie, qu'il traîna vers son sombre repaire au fond du lac. La scène se déroula avec une telle rapidité que les hommes, sur la berge, pris par surprise, ne trouvaient pas de cible où tirer, la tête de l'alligator étant déjà sous l'eau. La nappe brunâtre se referma sur le corps agité de Hugo, ne laissant de trace qu'une casquette de golfeur flottant dans une flaque de sang.

Chapitre XIII

Épilogue

L A sonnerie se fit entendre à la résidence Bormisky en Virginie. Sylvia décrocha l'appareil.

– Allô! dit-elle d'une voix brusque.

– Est-ce la résidence de monsieur Kirk Bormisky?

– C'est le numéro que vous avez signalé.

– Est-ce qu'il est là?

– Non.

– Je suis l'agent Grant Rochester, du F.B.I. Où puis-je rejoindre monsieur Bormisky?

– Il est en voyage d'affaires en Europe.

– C'est très important que je lui parle immédiatement. Avez-vous ses coordonnées?

– Non. Il est en Hollande ou en Allemagne. Il nous téléphone de temps à autre.

– Est-ce que madame Bormisky est là?

– Non. Elle est sortie faire des courses. Je suis sa fille Sylvia.

– Sylvia, nous avons de bien mauvaises nouvelles au sujet de votre frère Hugo. On l'a retrouvé noyé à la suite d'un pénible incident. Je dois vous demander à vous et à votre mère de venir l'identifier. Son corps est présentement à la morgue. Vous pouvez nous rejoindre au poste de police de la rue Fruitville, à Sarasota, en Floride.

Sylvia était une fille lourde aux traits durs. Elle avait hérité de son père une apparence fruste et une personnalité abrasive. Ce n'était pas une personne affectueuse. La nouvelle de la mort inattendue de son frère eut davantage le don de la stupéfier que de l'attrister. Elle n'aimait pas Hugo. Parfois même elle le détestait. Depuis sa tendre enfance, elle avait eu à subir ses quolibets malveillants, sa supériorité condescendante, ses vantardises ennuyeuses. C'était un frère aîné agaçant et désobligeant. Il prenait un malin plaisir à lui raconter en détail tous ses mauvais coups, ses prouesses mesquines, ses conquêtes avilissantes. Plus jeune, elle avait tout enduré; maintenant aguerrie, même coriace, elle l'envoyait promener.

Par ailleurs, Sylvia éprouvait beaucoup d'affection pour sa mère, personne douce et soumise. Quand cette dernière revint à la maison, Sylvia tenta de lui transmettre l'affreuse nouvelle le plus délicatement possible. Ce ne fut pas facile. La pauvre dame éclata en sanglots, voulut en savoir plus. Hugo noyé? Un puissant nageur comme lui? Un garçon en parfaite santé? Que s'était-il passé? Sylvia n'en savait pas davantage et réussit à convaincre sa mère de prendre l'avion avec elle à destination de la Floride.

Pendant ce temps, Léon et Guy Marsolais étaient en consultation avec les agents du F.B.I. et la police locale de Sarasota. Le corps de Hugo avait été repêché avant que l'alligator n'en fasse son repas. Ce grand reptile ne dévore pas sa proie immédiatement. Il la cache au fond de son repaire jusqu'à ce qu'elle soit faisandée.

Les deux Canadiens avaient beaucoup d'explications à fournir aux policiers américains relativement à

leur présence aux États-Unis, en possession d'une arme
à feu, et au sujet du coup de revoler tiré sur un citoyen
étatsunien. Évidemment, les deux agents du F.B.I. se
réjouissaient de l'avoir échappé belle grâce à l'initiative
fulgurante de Marsolais.

Heureusement, les policiers américains étaient déjà au courant de l'assassinat de Finlayson au Canada.
Ils savaient aussi que Hugo Bormisky était un suspect,
mais ils ne connaissaient pas tout le dossier à son
sujet. Léon et Guy leur donnèrent les renseignements
voulus.

L'arrivée des deux dames Bormisky au poste de la
rue Fruitville en soirée suscita beaucoup d'intérêt.
Sylvia entra en trombe dans le commissariat, le verbe
haut et le pas militaire, suivie de sa mère qui sanglo-
tait sans arrêt. La jeune fille signala sa présence au
constable de service et le somma de faire venir l'agent
Rochester du F.B.I. Celui-ci ne tarda pas à apparaître.
Il conduisit les dames à une petite pièce libre d'où il
appela les deux Canadiens qui attendaient au Holiday
Inn.

L'agent Rochester, homme calme et pondéré, relata les événements aux dames Bormisky. On lui avait
confié un mandat d'arrestation contre Hugo pour agression sexuelle sur la personne de Rebecca Lancaster, à
Washington.

— Ça ne me surprend pas du tout, s'empressa d'interrompre Sylvia. Hugo m'a annoncé tout dernièrement
qu'il s'apprêtait à «apprivoiser» Rebecca, selon son expression favorite réservée aux filles qu'il veut séduire.

— Votre réaction confirme la déclaration assermen-
tée de mademoiselle Lancaster, lui répondit Rochester.
De toute façon, cette affaire est maintenant close, vu le

décès de l'accusé. Quand nous nous sommes appro-
chés de Hugo pour l'appréhender, il a sorti un revolver
de son sac de golf et, n'eût été nos jeunes amis canadiens qui arrivaient sur les lieux, il nous descendait
tous les deux, l'agent Mortimer et moi-même.

– Qu'est-ce que ces Canadiens foutaient dans le
coin, demanda Sylvia. Des golfeurs armés sur un parcours de la Floride?

– Pas vraiment, répondit Rochester; Guy est inspecteur de police et Léon est avocat. Tous les deux avaient
pour mission d'enquêter relativement à l'assassinat de
Bill Finlayson, homme d'affaires de Washington, au
cours d'un voyage de pêche au Canada, et sur le rôle de
Hugo dans cette histoire. Êtes-vous au courant?

Les deux dames se regardèrent un long moment,
puis la mère pencha la tête vers sa fille pour lui signaler qu'elle devait parler. Sylvia reprit la parole.

– Oui, nous sommes très au courant. Mon père et
Hugo étaient à la pêche sur la rivière Restigouche en
même temps que monsieur Finlayson. À cette époque,
les deux hommes étaient à couteaux tirés pour des
raisons d'affaires. Mon père est un homme dur et
entêté, mais il n'est pas violent. Je ne crois pas qu'il
pourrait, à froid, tuer un être humain. Par contre, Hugo
a toujours été impitoyable et sans limites, à mon égard
et envers beaucoup d'autres personnes. Il se faisait
une gloire de me raconter ses mauvais coups. Quand il
est revenu de son voyage de pêche, il m'a soufflé à l'oreille, tout en se frottant les mains de satisfaction, qu'il
avait réglé le cadran de Finlayson. J'ai cru de mon devoir d'en parler à ma mère qui fut tellement ébranlée
qu'elle a dû garder le lit pendant plusieurs jours. Je
n'ai pas osé en discuter avec mon père, craignant sa
réaction.

– Je crois bien, ma chère Sylvia, que vos paroles closent un deuxième dossier, conclut Rochester.

– Je suis tout à fait d'accord, fit l'inspecteur Marsolais. L'affaire MacTavish est maintenant terminée.

– Exactement, ajouta Léon. L'accusé a déjà été innocenté et le vrai coupable a été frappé d'un châtiment encore plus terrible qu'aucune justice humaine aurait pu lui imposer.

F I N

Table des matières

Dans la collection
Romans

- Jean-Louis Grosmaire, **Un clown en hiver**, 1988, 176 pages. Prix littéraire **Le Droit**, 1989.

- Yvonne Bouchard, **Les migrations de Marie-Jo**, 1991, 196 pages.

- Jean-Louis Grosmaire. **Paris-Québec**, 1992, 236 pages, série « Jeunesse », n° 2. Prix littéraire **Le Droit**, 1993.

- Jean-Louis Grosmaire, **Rendez-vous à Hong Kong**, 1993, 276 pages.

- Jean-Louis Grosmaire, **Les chiens de Cahuita**, 1994, 240 pages.

- Hédi Bouraoui, **Bangkok blues**, 1994, 166 pages.

- Jean-Louis Grosmaire, **Une île pour deux**, 1995, 194 pages.

- Jean-François Somain, **Une affaire de famille**, 1995, 228 pages.

- Jean-Claude Boult, **Quadra. Tome I. Le Robin des rues**, 1995, 620 pages.

- Jean-Claude Boult, **Quadra. Tome II. L'envol de l'oiseau blond**, 1995, 584 pages.

- Éliane P. Lavergne. **La roche pousse en hiver**, 1996, 188 pages.

- Martine L. Jacquot, **Les Glycines**, 1996, 208 pages.

- Jean-Eudes Dubé, **Beaurivage Tome I**, 1996, 196 pages.

- Pierre Raphaël Pelletier, **La voie de Laum**, 1997, 164 pages.

L'affaire MacTavish
est le cent soixante-troisième titre
publié par les Éditions du Vermillon.

Composition
en Bookman, corps onze + sur quinze
et mise en page
Atelier graphique du Vermillon
Ottawa (Ontario)
Films de couverture
So-Tek
Gloucester (Ontario)
Impression et reliure
Marc Veilleux Imprimeur
Boucherville (Québec)
Achevé d'imprimer
en décembre mil neuf cent quatre-vingt-dix-huit
sur les presses de
Marc Veilleux Imprimeur
pour les Éditions du Vermillon

ISBN 1-895873-68-1
Imprimé au Canada